FUSION FANTASTIC STORY

크레도 퓨전 판타지 장편소설

드래곤
레이드 ⑦
DRAGON
RAID

도서출판
청어람

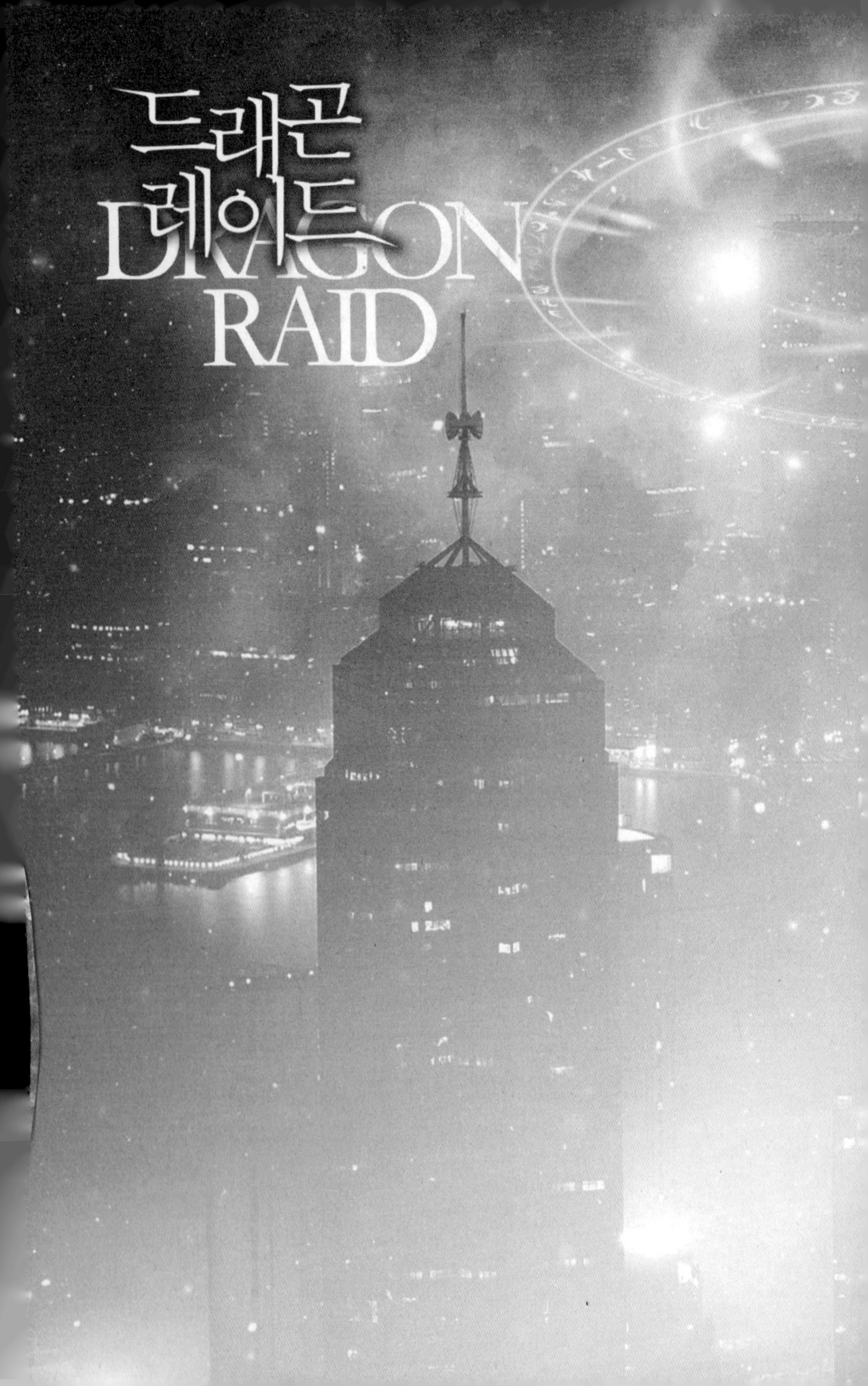
드래곤
레이드
DRAGON
RAID

CONTENTS

CHAPTER 1
악신의 음모 I

세이프리는 신성의 마음을 편안하게 해주었다. 루나의 탑에는 다양한 종족들이 모여 있었고 어린아이들이 뛰어다녔다. 과일을 팔고 있는 일반인들도 보였는데 모두 웃으며 서로를 바라보고 있었다.

모두가 루나의 품 안에서 행복한 생활을 하고 있었다. 지구에서 일반인들이 가장 살고 싶은 곳이 세이프리라는 통계가 있었다. 세이프리는 지구에서도 평화와 화합을 상징했다.

일한 만큼의 대가를 받고 부조리가 없는 것만으로도 사람들은 행복해했다. 그런 간단한 것조차 지구에서는 지켜지지 않고 있었다.

세이프리에 오래 있을 수는 없었다.

이제 본격적으로 지구를 떠나 어비스 발전에 전념해야 했다.

세이프리와 신루는 김갑진이 직접 임명한 간부진들이 있으니 알아서 발전할 것이다. 신성이 손댈 곳은 이제 많이 없었다.

신성은 저택의 문 앞에 섰다.

신성이 어비스로 떠나려고 하자 루나가 은근슬쩍 짐을 챙기더니 신성의 뒤에 섰다. 커다란 배낭을 등에 메고 있던 루나는 신성과 눈을 마주치자 환하게 웃었다.

"음……."

"자, 빨리 가죠!"

"자리를 비우면 세이프리가 곤란하지 않을까?"

신성이 그렇게 묻자 루나가 고개를 저었다.

"김갑진 님이 교황으로 전직하셔서요. 이제 장기간 비워도 괜찮답니다! 그래도 가끔은 세이프리에 와야 하지만요."

루나가 도와달라는 듯 정원을 손질하고 있는 김수정을 바라보았다. 김수정은 헛기침을 하고는 입을 뗐다.

"저택이 안전하다고는 하나 가장 안전한 곳은 역시 신성 님 곁이 아닐까요? 어비스는 좋은 환경이니 태교에도 좋을 것입

니다. 게다가 정보국에서도 곧 요원들을 파견할 예정이니 호
위 병력은 충분합니다."

"그렇죠?"

말려도 따라올 기세였다.

루나의 눈빛을 보니 말릴 수가 없었다.

신성은 작게 한숨을 내쉬었다.

몰래 쫓아오게 하는 것보다는 같이 가는 것이 나은 선택일
것이다. 루나가 가출한 것이 알려지게 된다면 세이프리는 난
리가 날 것이 분명했다.

신성은 드래곤 레어의 창고에서 갑옷을 가지고 왔다.

가죽 방어구였는데 모두 10강까지 되어 있었다. 그 덕분에
가벼운 방어구치고는 방어력이 판금 갑옷처럼 높은 편이었
다.

[보호하라.]

신성은 갑옷에 전력으로 용언으로 마법을 부여했다. 방어
마법진이 갑옷에 새겨졌다. 드래곤 하트의 마력 전부와 머리
가 아플 정도로 의지력을 행사해 만들었으니 공성 병기가 공
격한다고 해도 무사할 수 있을 것이다.

신성은 직접 방어구를 입혀주었다. 신성이 직접 꼼꼼하게
챙겨주자 루나의 얼굴이 붉어졌다. 김수정은 은근슬쩍 영상
으로 기록을 남기고 있었다.

"와! 갑옷은 처음 입어 봐요! 저도 모험가가 된 것 같아요."

"어비스로 모험을 떠날 거니까 모험가는 모험가지."

"그런가요? 그럼 저는 탱커를 할게요."

"부디 힐러를 해줘."

신성은 피식 웃고는 모자를 씌워주었다.

신성은 신루로 향한 다음 바로 차원의 문 앞으로 이동했다. 세계수가 꾸준히 이동해 마물의 숲에 자리 잡게 되었는데 덕분에 이동에는 큰 시간을 소요하지 않았다.

차원의 문 주변에는 많은 아르케디아인들이 있었다. 어비스 탐험을 위해 파티를 꾸린 이들도 있었지만, 대부분은 드래고니아와 협력하기 위해 물자를 잔뜩 들고 온 다른 대도시의 이들이었다.

루나는 잔뜩 기대에 찬 눈으로 차원의 문을 바라보았다.

신성과 떠나는 여행은 서울을 돌아본 것 외에는 없었다. 신성은 루나를 과보호해서 단호할 때는 대단히 단호했다. 지금은 아이를 가졌으니 신성이 강하게 나올 수 없었다. 미안한 마음이 들었지만 그래도 같이 있고 싶으니 어쩔 수 없다고 생각하고 있었다.

"자, 가자."

신성은 루나의 손을 잡고 차원의 문 안으로 들어섰다. 잠깐의 어지러움이 사라지자 어비스가 모습을 드러냈다.

"와아!"

루나가 감탄했다. 아름다운 자연환경을 보니 감탄을 하지 않을 수 없었다. 아르케디아 대륙도 이 정도로 맑은 기운을 품고 있지는 않았다.

루나가 꽃밭으로 뛰어들었다. 꽃잎들이 휘날리며 아름다운 광경을 만들었다.

화들짝 놀란 정령들이 루나를 보고는 고개를 설레설레 저었다.

[드래곤이 이상한 여신을 데려왔어!]

[정말 이상한 여신이 왔네!]

[천방지축이야! 꼭 트롤 같아! 그래도 엘프보다는 낫네.]

정령들이 루나의 몸에 달라붙어 있었다. 루나가 얼굴을 들어 신성을 바라보았다. 하급 정령들이 수염처럼 루나의 얼굴에 붙어 있었다.

신성은 루나에게 다가가 손을 내밀었다.

"그러다 다친다."

"이거 줄게요."

루나가 기사처럼 무릎을 꿇더니 꽃 한 송이를 내밀었다. 신성이 꽃을 받고 작게 한숨을 내쉬자 루나가 신성에게 안기며 소리 내어 웃었다.

대단히 기분이 좋아 보였다.

루나가 존재하는 것만으로도 주변의 모든 생명이 빛을 머금었다. 알갱이 같던 정령들도 순식간에 성장해 손바닥 크기가 되었다.

그녀는 빛을 불러오는 여신이었다.

신성은 루나와 쉼터로 향했다. 차원의 문과 쉼터는 무척이나 가까웠기에 오래 걸을 필요는 없었다.

쉼터 주변은 굉장히 북적였다. 몬스터들이 길게 줄을 서 있었고 그 뒤로 소론의 수인족들과 아르본의 드워프, 그리고 페어리들이 물자들을 잔뜩 들고 줄을 서 있었다.

"언제쯤 들어갈 수 있는 거야?"

"몰라, 몬스터들을 심사한 다음이라는데?"

"아, 좀 더 빨리 왔어야 했는데 협상이 너무 늦었어. 윗놈들이 괜히 자존심 내세운다고 꼼지락거렸잖아. 엘프들은 벌써 자리 잡았다고 하더라고. 수호룡께서 협력만 잘하면 좋은 자리를 빌려준다 했는데……."

"이참에 아예 귀화할까? 여기는 기회의 땅이잖아."

몰려드는 몬스터와 사람들에 비해 쉼터의 문은 좁았다.

오우거가 만들어 비교적 큰 문이었지만 작게 보일 정도였다.

이 문을 거치지 않고 드래고니아로 들어가게 되면 적으로 취급되니 꼭 문을 거쳐야 했다. 문은 오우거들이 지키고 있었고 엘프들이 서류를 작성하며 하나하나 정보를 기록하고 있었다.

'더 커졌네.'

공식적인 이름은 드래곤의 쉼터였지만 이제는 어엿하게 커다란 마을이 되어버렸다.

벽돌집이 잔뜩 들어서 있었고 시장이 생겼다. 엘브라스의 엘프들과 이주해온 세이프리의 아르케디아인들이 차려놓은 것이었다.

쉼터에는 몬스터들도 자리를 잡아 독특한 형태로 발전되고 있었다.

아직 드래고니아가 전면 개방이 된 것은 아니었기에 쉼터에 한정되어 있었지만, 본격적으로 몬스터를 받아들인다면 대단히 이색적인 영지가 될 것 같았다.

"신성 님! 저기 대형 몬스터예요!"

줄을 무시한 채 커다란 사자가 성큼성큼 오우거 앞으로 걸어갔다. 오우거보다 더 커다란 사자는 으르렁거리며 오우거를 노려보았다.

엘프가 눈을 찡그리며 사자를 바라보았다.

"대기표가 있나요?"

"그르르렁!"

"대기표를 뽑고 얌전히 저 뒤로 가서 줄을 서요. 반항하면 불이익이 있을 겁니다."

"그릉……."

사자는 고개를 떨구며 맨 뒤를 향했다. 레벨 200에 달하는 대형 몬스터치고는 대단히 얌전했다. 이런 광경이 흔한지 어느 누구도 겁을 먹거나 하지는 않았다.

"새치기하면 레이드를 해버립시다!"

"뒤로 가요! 뒤로!"

"진짜 덩치만 커가지고. 아오! 야! 대기표 안 보여?"

오히려 기다림이 길어지자 짜증을 낼 뿐이었다.

사자는 눈치를 살필 수밖에 없었다. 루나가 사자에게 다가가 손을 내밀자 사자는 커다란 눈을 부라렸다. 기분이 안 좋은 티가 났다.

하지만 신성의 살기를 느끼고는 몸을 움찔했다. 반항하면 죽여 버리겠다는 의지가 느껴지자 덜덜 떨면서 루나의 손을 핥았다.

"착하네요."

"착하지 않으면 곤란하지."

"그런가요? 귀엽네요! 한 마리 키울까요?"

"영지는 넓으니 그래도 괜찮겠네."

사자는 애교를 부린 후에 몬스터와 아르케디아인들의 눈총을 받고는 사라졌다.

신성과 루나는 줄을 설 필요가 없었다.

그냥 앞으로 걸어가자 오우거가 신성을 발견하고는 고개를 숙여 인사했다.

"큰 형님 오셨다!"

"문을 열겠다!"

오우거들이 커다란 문을 열어주었다. 신성과 루나가 동시에 걸어오자 엘프들은 놀라며 호들갑을 떨었다. 줄을 서 있던 아르케디아인들과 몬스터도 웅성거리며 신성과 루나를 바라보았다.

악신을 믿는 몬스터들은 신성을 보자 무릎을 꿇으며 경배했다.

"신앙심이 대단하네요."

루나가 감탄하며 말했다.

초원에 재앙을 일으킨 덕분에 신성의 악명은 어비스에 퍼져 나가고 있었다.

기묘하게 왜곡되어 초원의 몬스터들이 악신을 믿지 않아 악신이 재앙을 내렸다고 믿고 있었다.

사막 오크들이 그렇게 전도를 하기 시작했는데 '믿지 않는 자에게는 불꽃의 지옥을!'이라는 자극적인 말을 쓰고 있었다.

오두막으로 가니 에르소나의 모습이 보였다. 에르소나는 서류를 검토하는 중이었다. 신성이 오는 것을 발견하자 자리에서 일어났다가 루나의 모습을 보고는 매우 놀랐다.

"루나 님?"

"에르소나 님. 오랜만이에요."

"어째서 이곳에……."

에르소나는 놀란 표정이 되었다. 에르소나는 어비스에 머물고 있어 루나와 신성의 관계에 대해 정확히 몰랐다.

어째서 이곳에 루나가 있는 것인지 알 수 없었다.

"와! 온천이네요."

"내가 만들었어."

"대단해요. 밤에 같이 들어가요."

오두막 옆에는 온천이 흐르고 있어 루나를 흥분시켰다.

루나와 신성의 대화를 듣고 있던 에르소나는 또다시 놀라버렸다.

"가, 같이 들어간다고? 루나 님 그게 무슨……."

"네? 왜요?"

"나, 남녀가 어찌 같이 드, 들어갈 수 있단 말입니까!"

"혹시 같이 들어오고 싶으신 건가요?"

"그런 말도 안 되는 말을……!"

루나의 눈이 가늘어졌다. 여태까지 에르소나에게 기가 죽어 있었는데 이제 상황이 역전된 것이다.

"후후, 같이 들어가죠!"

양손의 손가락을 꼼지락거리면서 에르소나에게 다가갔다. 에르소나는 불길함을 느끼며 뒤로 물러났다. 그녀는 루나를 말려달라는 눈으로 신성을 바라보았지만 신성은 가볍게 외면했다.

"아, 아무튼 루나 님이 오신 이상 경비를 배로 늘리겠습니다."

"왜 피하세요?"

"일이 바빠서… 이, 이만."

도망치듯 사라지는 에르소나를 보며 신성이 루나에게 엄지손가락을 치켜들었다. 루나도 뿌듯한 표정으로 엄지를 들어 올렸다.

에르소나를 놀리는데 재미를 느껴 버렸다.

신성과 루나의 관계를 알게 된 에르소나는 얼이 빠져 한동안 일에 집중할 수 없었다고 한다.

*　　　*　　　*

신성은 쉼터에서 영지 관리를 하며 현재 상황을 파악했다. 소형 비공정들이 광산 주변에 물자를 공급하고 있었고 오우거들이 물자와 주변의 자원을 활용해 도시 증축에 들어갔다.

드워프 장인들도 그곳에 도착해 함께했는데 몇몇은 과도한 흥분으로 실신했다고 한다.

미스릴 광산과 여러 자원들로 이루어진 산맥은 확실히 엄청난 광경일 것이다.

루나는 신성을 도와 몬스터 심사를 맡기로 했다. 드래고니아 영지로 들어오는 몬스터를 심사하는 것인 만큼 까다롭게 봐야 했는데 루나가 있으니 한결 쉬워질 것이다.

지금 루나는 오우거들과 저녁 요리에 쓸 물고기를 잡기 위해 낚시를 갔다. 루나는 월척을 잡아서 매운탕을 만들어 주겠다고 큰소리를 쳤다. 루나가 간 곳은 쉼터 안에 있는 호수이니 걱정할 필요는 없었다. 하이엘프들도 따라갔으니 안심해도 됐다.

에르소나는 얼마 전에 내보낸 정찰대가 찾은 것을 보여주었다.

하이엘프들이 여러 물건을 들고 왔는데 일반적인 것들이 아니었다.

바로 마족의 물건들이었다.

"드래고니아 근방에서 발견된 겁니다. 가방 안의 내용물과 무기를 보건데 마족의 정찰 대원으로 보입니다."

"어떻게 된 거지?"

"전투의 흔적은 보였습니다. 이건 같이 발견된 부서진 무기입니다."

에르소나의 말에 하이엘프가 부서진 도끼를 가지고 왔다. 대단히 큰 도끼였다. 오우거가 쓸 만한 크기였다.

"오우거들에게 물어보니 거인족의 도끼라더군요. 드롭템도 떨어져 있는 것을 보니 싸우다가 전사한 것 같습니다."

"마족과 거인족이라……."

초원의 상태를 확인하러 온 마족과 거인족이 드래고니아 근방에서 싸운 것 같았다.

"음, 마족의 가방에서 지도를 찾아냈습니다."

에르소나가 지도를 신성에게 건넸다.

마족이 만든 지도였는데 꽤 자세하게 그려져 있었다. 어비스에서 맵핑한 곳은 드래고니아밖에 없었는데 마족의 지도를 입수해서 맵핑을 확장할 수 있었다.

[맵이 업데이트되었습니다.]

[새로운 지역을 발견하였습니다.]

검게 물들어 있던 드래고니아 주변에 맵이 형성되었다.

커다란 협곡을 지나 거인족의 영지가 보였다. 영지의 크기는 드래고니아와 비교할 수는 없었지만 주요 길목을 당당하게 차지하고 있었다.

어비스의 중심으로 가는 길목에 자리 잡고 있었는데 그곳을 통과하지 않으면 협곡을 건너가야 했다. 협곡은 어비스 중앙의 몬스터들만큼이나 강력한 몬스터들이 살고 있었고 공중을 날아다니는 몬스터도 존재했다. 기후도 괴팍해 비공정이 뜨기에 적합하지 않았다.

거인족의 영지 밑에 마족들의 진형이 있었다.

마족들이 드래고니아로 오려면 거인족의 영지를 지나와야 했고 반대로 드래고니아에서 마족의 영지로 가기 위해서도 마찬가지였다.

마족의 영지 주변에 마계로 향하는 차원의 문이 있을 것이다.

"마족들이 영지를 꽤 크게 만들었네."

"우리보다 어비스에 더 일찍 도착한 것으로 보입니다. 영지의 크기를 보건데 주변 몬스터 토벌도 확실히 한 것 같습니다. 마족의 전력은… 역시 강하군요."

드래고니아가 훨씬 컸지만 마족들의 발전은 빨랐다. 벌써 성을 구축해 놓고 있었다. 마족들의 목적은 지구이니만큼 거인족을 넘어 드래고니아로 진격해 올 것이다.

"거인족은 대화가 통하는 족속들이 아니었지."

"그들은 몬스터입니다. 자신들 이외에는 모두 적으로 생각하는 녀석들이지요. 두려움도 없고 숫자도 상당히 많아 드래고니아의 까다로운 적이 될 것입니다. 드래고니아 근방에서 거인족의 흔적이 발견되었다는 건 이리로 출병할 수도 있다는 말이 되겠지요."

"아직 폭발의 여파가 남아 있어 시간이 있을 거야. 게다가 마족과 대치 중인 것 같으니 쉽게 움직일 수는 없겠지."

거인족은 누구와도 관계가 좋지 않았다. 마족들과도 계속 부딪히고 있을 것이다. 어비스를 정복하기 위해서, 마계를 박살 내기 위해서 거인족 토벌은 필수적이었다.

'거인족은 평균 레벨이 너무 높아. 괜히 어비스의 깡패가 아니야.'

오우거도 일꾼이나 노예로 쓰는 놈들이었다.

예전에 카록도 자신이 만든 무기와 거인족의 식량을 맞바꾸었는데 식량의 양도 적고 품질도 나빴다고 한다. 정당한 거래임에도 노예 취급을 하고 말이다.

거인족은 도시를 이룰 정도로 숫자도 많으니 드래고니아로 쳐들어온다면 신성 혼자 감당하기는 힘들었다.

대도시의 병력과 힘을 합친다고 하여도 큰 피해를 감수해야 했다.

거인족의 생존 방식은 사냥과 약탈이었다.

몬스터들을 잡아먹고 주변에 있는 부족 몬스터들의 것들을 마구 약탈하며 성장해 나간다는 설정이었다.

신성은 그들이 드래고니아에 그 어느 것도 가져가게 둘 수 없었다.

'이곳을 망치게 둘 수는 없어.'

찬란하게 빛나는 드래고니아를 태어날 아이에게 선물해 주고 싶었다. 그러기 위해서는 어떤 사악한 짓도 할 수 있었다. 신성은 에르소나를 바라보았다.

"일단 도시 건설은 그대로 진행해야겠어."

"방비할 여유가 없는데 괜찮겠습니까?"

"그럴 여유는 만들면 그만이지."

신성은 마족과 거인족의 영지를 번갈아 바라보았다. 신성의 입가에 미소가 그려졌다.

"전쟁을 일으키는 것이 어떨까?"

"저희는 아직 그럴 힘이 없습니다. 병력의 숫자도, 레벨도 모두 뒤처집니다. 게다가 지형조차 아직 제대로 파악하지 못했지요."

"아니, 거인족과 마족 말이야. 둘이 붙으면 어떻게 될지 궁금하지 않아? 지도를 보니 마족들도 많은 준비를 해온 것 같은데 말이야."

두 적을 맞부딪히게 하고 중간에서 이득을 빼먹는다면 그것만큼 좋은 일은 없을 것이다.

적어도 시간은 벌 수 있을 것 같았다.

에르소나는 신성의 미소를 보며 소름이 돋는 것을 느꼈다.

"대충 방법이 떠올랐어. 그쪽은 나에게 맡겨. 신경 쓰지 말고 계획대로 진행하자고."

에르소나는 신성이 무슨 일을 계획하고 있는 것인지는 모르지만, 지금은 같은 편이라 다행이라 생각했다.

CHAPTER 2

악신의 음모 II

드래고니아는 급속도로 발전하고 있었다. 드래고니아에서 살기를 희망하는 몬스터들을 받아들이고 그들을 일꾼으로 썼다. 몬스터들은 군말 없이 맡은 임무를 충실히 이행했다. 대부분 겉과 속이 같아서 다루기가 쉬웠다.

대형 몬스터들이 아르케디아인들을 도와 커다란 나무를 옮기거나 물건은 나르는 모습은 대단히 이색적이었다.

다른 대도시에서도 많은 인원이 유입되니 쉼터에는 활기가 넘쳤다. 드래곤 산맥으로 가는 그들의 얼굴에는 설렘과 흥분이 가득했다. 어떤 새로운 모험이 펼쳐질지 모두가 기대하고 있었다.

'잘해줘야겠어. 부담스러울 정도로 말이지.'

지금은 대도시의 아르케디아인들과 주민들을 협력 관계로 받아들이고 있지만 드래고니아가 본격적인 궤도에 올라가게 되면 유능한 인재들을 드래고니아로 귀화시킬 생각을 하고 있었다. 생각보다 자신의 도시에 대해 불만이 있는 자들이 많아서 조금만 꼬신다면 홀라당 넘어올 것 같았다. 그러한 인재들은 따로 분류해 놓는 중이었다.

카록으로부터 미스릴 광물 채취가 시작되었다는 소식이 들려왔다. 신성은 미스릴로 만들 것들이 무척이나 기대되었다. 벌써 미스릴을 구매하기 위해 카록에게 접근하는 이들이 있을 정도였다. 미스릴은 워낙 귀한 금속이니 비싼 돈을 주고서라도 구매하려는 이들이 무척이나 많았다.

'편하네. 왕이 된 기분이야.'

신성이 딱히 투자를 하지 않아도 많은 이들이 몰려와 알아서 해주니 드래고니아는 쑥쑥 자라고 있었다.

광산 주변에 도시가 자리 잡게 되면 신성은 악신의 성을 지을 예정이었다. 악신의 성은 세이프리에 존재하는 루나의 탑처럼 드래고니아의 상징이 될 것이다.

신성은 쉼터의 전경을 바라보며 앉아 있었다. 에르소나의 서류 넘기는 소리가 들려왔다. 그녀는 철두철미했다. 신성보다 뛰어난 면모를 보이기도 했다.

너무나 일 처리가 빨라 신성이 한가해질 정도였다. 세이프리에서 했던 업무량에 비한다면 지금은 일하는 것도 아니었다.

그저 루나와 낚시를 하거나 말을 타거나, 음식을 만드는 등, 좋은 시간을 보내고 있었다. 차라리 휴가라고 느껴질 정도였다.

"엘브라스의 엘프들도 곧 도착할 것입니다."

"잘됐네."

에르소나는 작게 한숨을 내쉬었다. 신성과 루나가 부부라는 것을 안 이후부터 에르소나는 조금 틈이 보이기 시작했다. 신성에게 마음을 아주 조금은 연 것일지도 몰랐다. 신성과 루나를 바라보고 있으면 마음이 따뜻해지는 그런 것이 존재했다. 에르소나는 그 따스함에 영향을 받고 있었다.

"엘레나 님이 오실 것이 분명합니다."

"곤란하겠네."

"워낙 천방지축이니……."

에르소나의 얼굴에 낙서를 하고 가출을 밥 먹듯이 한 엘레나였다. 왕녀로서의 위엄도 분명 갖추고 있었지만, 아직 어리기 때문인지 감정에 충실했고 호기심이 무척이나 왕성했다. 심심치 않게 엘레나의 사진이 언론에 나오는 것을 보면 아직도 엘브라스 밖으로 돌아다니고 있는 모양이다.

"루나 님이 세이프리에서 장기간 자리를 비워도 괜찮습니까?"

"뭐… 갑진이가 교황이니 잘하고 있겠지."

"고생이 심하겠군요."

고생하는 자들끼리는 통하는 법이었다. 김갑진이 과로로 쓰러졌다는 소문이 들려오고 있었다. 루나와 신성이 행복한 한때를 보내고 있었지만 김갑진은 서류에 파묻혀 지내야만 했다.

루나를 보내달라는 간곡한 요청이 있었는데 신성은 무시하고 있었다.

쉼터는 루나의 취향대로 꾸며졌다.

루나의 신전도 지었는데 몬스터들이 가끔 와서 경배하고 가곤 했다.

루나는 세이프리에서 느끼지 못한 해방감을 느끼며 마을을 매일 같이 활보하고 있었다.

마치 골목대장처럼 몬스터들과 아르케디아인들을 이끌고 다니는 모습은 신성의 입가에 웃음을 짓게 하였다.

이제는 장난꾸러기 소녀 같은 루나의 모습이 쉼터의 대표적인 이미지가 되어버렸다.

아르케넷을 통해 소개되었는데, 예상과는 달리 오히려 신도들의 숫자가 늘어나고 있었다.

루나가 커다란 물고기를 두 손에 잡고 있는 모습이 지구의 잡지에 실리기도 하였다. 그것이 꽤 큰 선전이 되어 어비스로 이주하고 싶어 하는 일반인 희망자가 폭주하고 있었다. 신성은 인구수를 채우기 위해서라도 어느 정도는 받아들일 생각이었다.

잠시 여유로운 시간을 보내고 있을 때 엘프 정찰대가 돌아왔다. 이들은 엘브라스의 정예 기사들로 드래고니아를 벗어나 깊은 곳까지 정찰을 나갔었다. 에르소나는 그들의 보고를 받고는 고개를 끄덕였다.

"거인족의 모습을 이곳에서 포착했다고 합니다."

"드래고니아 쪽으로 꽤 진출했군."

"아직 마족 때문인지 다가오고 있지는 않습니다만… 마족과의 대치가 길어지면 이쪽으로 눈을 돌릴 가능성이 크겠지요."

"슬슬 움직여야겠어. 둘의 사이가 좋아지기라도 하면 큰일이니 말이야."

신성은 자리에서 일어났다.

신성은 일단 거인족의 전력을 직접 확인해 볼 생각이었다. 제법 재미있을 것 같은 느낌이 들었다. 신성이 오두막 밖으로 나오자 루나가 신성에게 다가왔다. 하얗던 옷이 이곳저곳 더

러워져 있었지만 표정이 워낙 밝아 오히려 깨끗하게 보였다.

"나갔다 올게."

"같이 갈 수는 없나요?"

"미안. 대신 갔다 오면 둘이 여행이라도 가자."

"약속한 거예요?"

루나가 입술을 내밀었다. 신성이 가볍게 입을 맞추자 에르소나가 헛기침을 하며 불편해했다.

"에르소나 님도 뽀뽀해 줄까요?"

"…사양하겠습니다."

루나의 말에 에르소나는 움찔하며 고개를 저었다. 에르소나의 귀가 상당히 붉어져 있었다.

신성은 루나의 배웅을 받으며 마을 밖으로 나왔다. 에르소나가 루나를 잘 챙겨줄 것이다. 신성은 본체로 변해 드래고니아 상공을 가로질렀다.

속도를 높여 드래고니아에서 벗어나 협곡 쪽으로 다가갔다. 협곡을 지난다면 거인족의 눈에 띄지 않고 거인족의 영지로 진입할 수 있을 것이다.

몬스터가 많은 것이 문제이기는 하지만 신성은 자신의 힘을 믿었다.

'굉장하군.'

협곡은 대단히 깊고 웅장했다. 그랜드 캐니언과는 비교가 되지 않을 정도였다. 하늘을 날아다니는 몬스터의 무리와 협곡 안에서 꿈틀거리는 대형 몬스터는 보는 사람으로 하여금 막대한 공포를 느끼게 할 것이다.

신성은 그저 몬스터들의 레벨이나 크기에 감탄할 뿐이었다. 현실화된 어비스는 아르케디아 온라인에서보다 더욱 위험했지만, 훨씬 생동감이 넘쳤다.

신성이 협곡의 상공에 들어서자 떼를 지어 날아다니는 무리들이 다가왔다. 수천의 무리를 이루고 있는 몬스터였는데 평균 180레벨 이상이었다.

'하피로군. 이 녀석들이 있는 이상 비공정 운행은 힘들겠지.'

협곡의 상공에는 하피뿐만 아니라 다양한 몬스터들이 존재했다. 매일 같이 서로 다투느라 협곡을 벗어나지 않았다. 그 때문에 협곡의 몬스터들은 자신의 영토에 들어오는 이들이 있다면 공격을 망설이지 않았다.

신성은 마력을 방출하며 하피들을 노려보았다.

182Lv
[C]협곡의 하피(정예)
상태 : 경외, 두려움
성향 : 골드, 악
신앙 : - (악신에게 관심이 있음.)

호감도 : 76%

아름다운 여인의 모습을 지닌 몬스터.

거대한 날개를 지니고 있어 공중을 자유롭게 날아다닐 수 있다. 긴 손톱과 발톱은 단단한 가죽도 단번에 찢을 만큼 날카롭다. 반짝이는 것을 상당히 좋아해 목숨을 걸고 수집을 하기도 한다. 와이번보다도 훨씬 사악하고 호전적인 성격을 지녀 비공정을 운영할 때 가장 유의해야 하는 몬스터 중 하나이다. 그리고 길들일 수 없는 대표적인 몬스터로 알려져 있다.

레벨 200이 넘는 하피의 날개는 천사를 연상시킬 정도로 하얀 색깔을 지니고 있었다.

아름다운 겉모습과는 달리 대단히 사악한 몬스터였다. 노골적으로 남성을 유혹해 물어뜯어 죽이거나 함정에 빠뜨리며 웃는 등, 악마와 같은 모습을 지녔다.

아르케디아 온라인에서 어비스 초반에 겉모습에 속아 많은 아르케디아인들이 죽음을 맞이했다.

'이상하게 얌전하네.'

신성은 하피들이 공격해 오지 않자 굳이 공격할 필요성을 느끼지 못했다. 하피들이 공격해 왔다면 조금 부담이 되더라도 홍염룡의 힘을 개방해 단번에 쓸어버릴 생각이었다. 어차피 협곡 상공에서 비공정이 다닐 만한 루트를 개척해야 했기 때문이다.

신성에게서 뿜어져 나오는 존재감은 하피 무리를 압도했다. 하피 무리들이 신성의 반짝이는 비늘을 보고는 다가왔다. 모두 몽롱한 표정이었다. 신성이 내뿜는 마력에 심취해 마치 술에 취한 듯 공중에서 비틀거렸다.

티 없는 순백의 날개를 지니고 있는 하피가 보였다.

하피 무녀라는 이름을 가진 보스 몬스터였다. 가슴을 드러내고 있는 다른 하피들과는 다르게 하얗고 붉은 천으로 된 옷으로 몸을 가리고 있었다.

"오오! 하늘의 지배자! 재앙의 화신! 불꽃의 지옥을 만든 자여!"

새의 지저귐, 그리고 노랫소리와도 같은 목소리였다.

"당신의 존재를 증명해 주시옵소서!"

하피 무녀는 신성을 향해 그렇게 말했다. 그녀의 눈빛에는 섬뜩할 정도의 광기가 깃들어 있었다. 증명하지 못한다면 공격하겠다는 의사가 느껴졌다.

'하피들과 친분을 다져놓는 것도 나쁘지 않겠지.'

토벌하는 것보다는 그쪽이 훨씬 편할 것 같았다.

하피들이 협곡에서 사라진다면 어차피 다른 몬스터들이 그 자리를 차지하기 위해 몰려들 테니 말이다.

악신의 힘을 강림시키는 것은 부담이 많이 되었기에 그와 비슷한 암흑룡의 힘을 일으켰다.

신성의 드래곤 하트에서 암흑 마력이 뿜어져 나오며 주변을 검게 물들였다. 하얗던 구름이 검게 물들며 진득한 검은 비가 내리기 시작했다. 신성의 비늘이 검게 물들었다. 비늘이 마치 가시처럼 날카로워지고 체구가 날렵해졌다.

쿠오오오!

천둥과도 같은 소리가 울려 퍼지는 순간, 암흑룡이 모습을 드러냈다.

[하피들이 악신의 존재를 인식하였습니다.]

[하피들이 당신에게 경외감을 가집니다.]

[당신의 사악한 업적에 하피들이 당신을 찬양합니다.]

하피들은 날개를 파르르 떨었다.

신성이 내뿜는 암흑 마력에 취한 하피들이 마구 흥분하기 시작했다.

하피들이 신성을 따라 날았다.

수천에 이르는 하피가 드래곤과 함께 하늘을 나는 광경은 웅장했다. 누군가 봤다면 입을 떡 벌리고 멍하니 바라보았을 것이다. 사악한 드래곤과 흉악한 하피의 조합은 재앙 그 자체였다.

하피의 노랫소리를 들으면서 협곡을 쉽게 건널 수 있었다. 신성의 눈에 협곡 근방에 거인족들이 모여 있는 것이 보였다. 여러 개의 천막이 있었는데 사냥을 위해 만들어놓은 것 같았다.

거인족의 체구는 거인족이라는 이름답게 컸다. 오우거보다는 약간 작았지만 휴먼족과는 비교할 수 없을 정도였다.

신성은 인간형으로 변해 협곡 앞에 내려앉았다. 신성은 협곡을 큰 힘을 들이지 않고 건넌 것으로 만족하고 있었다. 하피들과의 비행은 신성에게 나름 즐거운 기분을 선사해 주었다.

일단 아름다운 모습을 지녔으니 눈요기는 되었다.

'하피가 비공정을 지켜주면 좋겠는데.'

하피의 호위를 받는 비공정을 상상해 보았다.

잘만 구슬리면 비공정 루트를 개척할 수 있을 것 같아 기분이 좋아진 신성이었다. 어비스의 중앙으로 진출하기 위해서는 비공정을 통한 물자 공급은 필수였다.

'일단 조용히 움직여야겠군.'

거인족을 관찰한 다음에 행동 방침을 정하고 싶었다. 신성이 그렇게 생각할 때였다.

하피들이 내지른 굉장히 높은 소리가 들려왔다.

"응?"

신성은 하늘 위를 바라보았다. 하피들이 아직도 떼를 지어 날아다니고 있었다. 노랫소리는 비명으로 변한 지 오래였다. 마치 칠판을 긁는 것 같은 소리에 절로 소름이 끼쳤다.

'왜 안 돌아가지?'

하피는 본래 협곡 밖을 벗어나지 않았다. 협곡에서 영역 다툼을 하기에도 벅찼기 때문이다.

그런 하피들이 돌아가지 않고 오히려 진격하고 있었다.

신성이 내뿜은 암흑 마력은 하피를 강력하게 흥분시켜 마치 마약처럼 하피의 이성을 마비시켰다.

무녀는 거인족을 발견하고는 몸을 부르르 떨었다.

"꺄아아악!"

"꺄악!"

엄청난 비명이 들리자 거인족들이 멍하니 하늘을 올려다보았다. 하피들이 발광하며 거인족의 마을을 공격하기 시작했다. 비명을 내지르며 떨어져 내리는 하피의 모습은 대단히 징그러웠다.

거인족이 레벨이 높다고는 하나 하피의 숫자는 너무나도 많았다.

거인족들이 거대한 도끼로 하피들을 죽여 나갔지만, 숫자는 줄어들 생각을 하지 않았다. 하피들이 마치 토네이도처럼 거인족들의 몸을 공중에 띄우더니 협곡으로 던져 버렸다.

"으아아악!"

"커억!"

신성은 거인족이 하늘 위로 치솟아 사라지는 것을 멍하니 바라보았다. 거인족 마을 하나가 순식간에 초토화되어 버렸다.

"크윽!"

갑옷을 입고 있는 거인족 하나가 하피를 피해 신성이 있는 방향으로 도망쳤다. 그러나 곧 하피들의 공격에 쓰러져 정신을 잃었다.

"꺄악!"

"꺅!"

제정신을 찾은 하피들이 협곡으로 물러났다.

이미 거인족의 천막들은 사라진 지 오래였다. 열 명이 넘던 거인족들도 모두 협곡으로 떨어져 죽어버렸다. 오로지 신성의 앞에 기절한 거인족만이 살아 있을 뿐이었다.

다른 거인족들은 가죽 갑옷을 입고 있었지만 기절해 있는 거인족은 신분이 높은지 꽤 좋은 판금 갑옷을 입고 있었다. 가지고 있는 검은 오우거가 만든 좋은 검이었다. 신성은 손을 뻗으며 거인족의 기운을 느꼈다.

[거인족으로 변신할 수 있습니다.]

"…의도하지는 않았지만 잘됐네."

예기치 않은 사고가 있기는 했다.

아무튼 일이 어떻게 되었든 간에 손쉽게 거인족으로 변할 기회를 얻을 수 있게 되었다.

이렇게 된 이상 직접 몸으로 부딪혀 보는 것도 나쁘지 않을 것 같았다.

[A]용혈의 거인족

거인족은 어비스를 활보하는 가장 용맹한 전사이다.

오로지 강함만을 숭배하며 약한 자의 모든 것을 약탈하는 문화를 지니고 있다. 거인족이 되어 한 번쯤 야만스럽게 지내보는 것도 나쁘지 않을 것이다.

드래곤의 힘이 작용하여 거인족으로 변할 시에 남다른 카리스마를 지니게 된다.

*[A]거인의 카리스마

강력한 존재감에 거인족의 모두가 당신에게 끌리게 될 것이다. 거인족과의 친근함이 상승하며 거인족의 존경을 끌어낼 수 있다.

드래곤 로드의 조언

"거인족은 일부다처제이다. 거인족의 용맹함은 그것에서 나오는 것인지도 모른다. 그들의 문화는 연구할 가치가 있다."

신성은 거인족으로 변해보았다.

몸이 굉장히 커졌다.

거인족의 몸은 휴먼족이나 다른 인간형 종족에 비해 근육이 꽤 컸다. 드래곤의 힘을 발휘하기에 상당히 좋은 육체였다.

휴먼족의 육체나 엘프, 마족으로 변할 경우에는 조금 호리호리한 체형이라 불만이었는데 이렇게 큰 덩치를 지니게 되니 만족스러웠다.

"일단……."

신성은 기절한 거인족을 들쳐 메고는 박살 난 천막으로 다가갔다. 조잡한 갑옷이 보이자 그것을 입었다. 바닥에 떨어져 있는 창을 드니 정말 거인족이 된 것 같은 기분이 들었다.

"이놈을 이용해 볼까?"

신성은 기절한 거인족을 보며 부드럽게 웃었다.

*　　　*　　　*

신성은 주변을 바라보았다. 거인족의 진형은 어비스의 중심과 가까운 곳에 있어 몬스터들의 레벨은 대단히 높았다. 300레벨 이상의 몬스터도 간혹 보일 정도였다.

신성의 현재 레벨은 287로 이제는 경험치가 더 오르지 않고 있었다. 폭발의 여파가 낳은 경험치 상승이 마무리되고 있었기 때문이다.

앞으로의 일을 생각해 볼 때 레벨 업을 빠르게 할 필요가 있었다. 아무리 신성이 강하다고는 하나 큰 폭의 레벨 차이는 극복하기 힘들었다. 성룡을 벗어나 다음 단계에 이르려면 레벨 업은 필수였다.

어비스에 오기 전보다 엄청나게 레벨이 상승해 있었지만 신성은 아직도 부족함을 느끼고 있었다.

'마왕급의 마족들이 300레벨 이상이니… 아마 마계의 지배자로 통하는 놈들은 더 높겠지.'

아르케디아 온라인에서 처음 잡게 되는 마왕의 레벨은 낮은 편이었다. 무력보다는 두뇌와 유혹, 그리고 부하들의 숫자로 상대하는 타입이기 때문에 약한 편이었는데 그마저도 공략하는 데 오랜 시간이 걸렸다. 현실화된 지금은 과연 어떨지 궁금하기는 했다.

어비스에 있는 마족 진영에 마왕이나 그와 비슷한 수준의 마족이 있다면 이대로는 곤란할 것이다.

아르케디아의 플레이어들이 지금 달라진 것처럼 그들도 달라졌을 확률이 높았다. 기왕 이리로 넘어왔으니 이번 기회에 마족의 상황을 알아보는 것도 좋을 것 같았다.

신성은 박살 난 천막들을 지나 주변에 있는 동굴 안으로 거인족을 데려왔다. 인벤토리에서 마족들의 아이템을 찾아본 다음 적당한 것을 준비했다.

날씨가 어두워져 모닥불을 피울 때쯤 거인족이 신음을 흘리며 일어났다.

"끄으……"

머리를 부여잡으며 일어났다가 신성을 보며 흠칫했다. 신성은 대수롭지 않게 고기를 구우며 입을 떼었다. 거인족의 문화가 어찌 되었든 일단 말은 통했다.

"일어났나?"

"여기는?"

"보면 모르나? 동굴이지."

거인족은 몸을 일으켰다. 상처를 입어 움직임이 불편해 보였다. 신성이 반말을 하자 발끈하면서도 신성에게 뭐라 말하지는 못했다. 뿜어져 나오는 신성의 존재감과 카리스마 때문에 위축된 것이다.

그가 보이기에 신성은 대단한 전사처럼 보였다.

"크, 크흠, 어떻게 된 일이지?"

"나는 사냥꾼이다. 사냥하다가 너를 발견했지. 그리고 이것도……"

신성은 품에서 마족의 아이템을 그에게 꺼내 던졌다. 그것을 받아든 가인족의 얼굴이 일그러졌다.

"하피 놈들의 습격은 뿔난 인간들… 마족의 짓이었군. 놈들이……! 나를 노린 것이 분명해!"

신성은 크게 흥분하는 거인족을 보며 속으로 흐뭇한 미소를 지었다. 생각보다 알아서 잘 속아주는 것 같았다. 생각보다 단순했다. 신성이 거인족의 모습인 것 때문인지 경계는 그다지 하지 않았다.

"나는 쿤타다. 추후에 보상을 하겠다."

"룬이라 불러라."

쿤타의 말에 신성은 고개를 끄덕이며 말했다. 적당한 거인족의 이름을 생각해서 말한 것이다.

"이 사실을 대족장께 알려야 해."

"대족장께?"

"허약한 그로라의 파벌이 평화를 주장하고 있지. 마족과 접촉했다는 소문이 있었다. 이건 분명 나를 음해하려는 놈들의 수작이야! 그로라… 그 정도로 나를 시기한 것인가? 하하하! 드디어 본색을 보였군!"

생각보다 거인족의 내부 사정도 복잡한 것 같았다. 어딜 가나 파벌이 갈라져 있기는 마찬가지인 것 같았다. 신성과 루나의 밑으로 단결하는 세이프리가 특이한 것이다.

마족과 대치를 하고 있는 지금, 마족과 평화를 주장하는 파벌도 있는 모양이었다. 생각보다 그리 단순한 집단은 아닌 것 같았다. 대족장이라는 존재도 있었고 파벌도 갈라져 있으니 정치 싸움도 일어나고 있는 것 같았다.

"음, 룬, 사냥꾼에게는 어려운 이야기겠군. 허약한 자들이 만든 통치 때문이다."

"너는 그로라의 주장에 반대하나?"

"당연하지! 평화는 거인족을 약하게 만들 뿐! 오로지 전투와 약탈만이 거인족에게 영광을 가져올 뿐이야! 빼앗고 죽이고 약탈하고! 얼마나 멋진 일인가!"

쿤타는 제법 거인족 내에 발언권이 높은 것 같았다.

"으으! 빨리 수도로 돌아가야 해. 그로라가 마음대로 하도록 놔둬서는 안 돼! 망할 년! 반드시 찢어 죽일 테다!"

그로라라는 거인족이 권력을 잡는 것은 드래고니아에게 결코 좋은 일이 아니었다. 마족과 좋은 관계가 되지는 않더라도 마족에게 드래고니아로 가는 길을 비켜주기라도 한다면 드래고니아는 커다란 피해를 볼 것이다.

"음, 나도 그로라가 마음에 안 든다. 널 돕도록 하지."

"오! 고맙다. 사례는 꼭 하마."

[쿤타의 호감도가 20% 상승합니다.]

[쿤타가 당신을 신뢰하기 시작합니다.]

*조언
"거인족의 내부 사정이 복잡한 것으로 보인다. 쿤타를 이용해 거인족의 평화를 막자."
"쿤타를 이용해 제법 그럴듯한 지위를 얻도록 하자."

딱히 연기를 할 필요도 없이 상황이 술술 풀려갔다. 신성도 살짝 놀랄 정도로 수월했다. 일이 수틀렸다면 쿤타를 반쯤 죽여 놓고 계약을 통해 정신 지배라도 시도해 볼까 했는데 그럴 필요가 없어졌다.

'거인족의 수도라… 처음 가보겠군.'

아르케디아 온라인에서는 거인족 토벌에 성공하지 못했다. 거인족 토벌은 메인 퀘스트도 아니었고 부가적인 퀘스트였기에 중요도도 낮았다. 거인족을 적당히 상대하며 피해갔을 뿐이었다. 당연히 거인족의 수도는 가보지도 못했다.

182Lv

이름 : 쿤타

성별 : 남자

상태 : 부상

성향 : 실버, 악

신앙 : —

호감도 : 46%

대족장 하록의 셋째 아들.

형제를 죽여 대족장 계승권을 찬탈했다. 현재 그로라와 대족
장 계승을 놓고 다투는 중이다.

장녀인 그로라의 재능을 질투하며 그녀에게 강력한 적의를
품고 있다. 그로라를 믿고 따르던 많은 이들을 죽여 그로라를
압박했지만, 오히려 그로라의 발언권이 강해지는 결과를 낳았
다. 그로라는 거인족 소수만이 재능을 보인다는 드루이드였고,
쿤타보다 뛰어난 전사였다. 쿤타는 강한 열등감에 사로잡혀 있
다. 그로라의 파벌 사이에서는 무능한 쿤타로 불리기도 한다.

쿤타는 대족장으로 어울리는 자는 자신밖에 없다고 자신
하고 있다.

쿤타는 자신의 정체를 밝히지 않았지만, 신성은 이미 그가
누구인지 알고 있었다. 쿤타의 성향을 악으로 만든 죄를 살펴
보니 대단했다. 살인과 강간은 그저 기본 옵션으로 보일 정도
였다.

'놈이 죽었으면 큰일 날 뻔했군.'

하피가 쿤타를 죽였으면 거인족은 앞으로 더 발전할 가능

성이 컸다. 아직 자세한 것은 모르지만 그로라라는 대족장의 딸은 상당히 유능하고 평화를 추구하는 것으로 보였다. 거인 족의 특성상 대단한 반발이 있었을 것 같은데, 군타와 맞먹는 영향력을 행사하는 것을 보면 대단한 수완을 지니고 있는 것 같았다.

신성은 오우거가 만든 술을 꺼냈다. 쿤타에게 계속 술을 먹이니 쿤타의 호감도가 올라가기 시작했다. 신성이 그다지 말을 걸지 않아도 알아서 떠들었다.

"대전사! 그놈만 아니었다면 그로라는 이미 내 밑에서 손이 발이 되도록 빌고 있었을 것이야! 망할 년! 몸으로 유혹한 것이 분명해!"

"그런가?"

"크흐! 젠장! 다 죽여 버릴 거야!"

"그래, 그래야지. 모조리 죽여 버려."

"음! 룬! 너와는 말이 잘 통하는군! 하하하하! 이렇게 즐거운 기분은 오랜만이다! 너의 무례는 용서해 주도록 하마! 음, 계속 말을 놔도 좋다!"

[쿤타의 호감도가 15% 올랐습니다.]
[쿤타가 당신을 친구로 생각합니다.]

신성은 쿤타와 제법 많은 이야기를 나누었다.

쿤타는 신성을 떠돌이 사냥꾼 정도로 인식했다. 거인족이 무리를 떠나 홀로 사냥을 하는 것은 드물지 않았다.

거인족에서는 그것을 '위대한 전사의 여정'이라 불렀고 출신에 상관없이 홀로 대형 몬스터를 사냥해서 돌아온다면 전사로 인정해줬다. 대부분이 죽기 때문에 실제로 위대한 전사의 여정을 끝마친 이는 아주 드물었다.

거인족이라 하더라도 홀로 대형 몬스터를 상대할 수는 없었다. 실제로 위대한 전사의 여정을 마친 것은 부족의 대전사밖에 존재하지 않는다고 한다.

'대족장은 병들었고 후계 다툼이 복잡하다라……'

재미있는 타이밍에 도착한 것 같았다.

혼란 속에서 전쟁이 탄생하는 법이다.

신성이 적당히 반응해 주며 말하자 쿤타는 알고 있는 것들을 술술 불었다. 딱 봐도 높은 위치에 있을 그릇은 아니었다.

권력욕이 무척이나 많았고 대단히 단순했다. 질투에 눈이 멀어 상황 판단 능력도 대단히 떨어졌다.

지능 스텟이 무척이나 낮아 보였다. 거인족을 위대한 종족으로 만들려는 의욕으로 넘치고 있었지만, 신성이 보기에는 민폐일 뿐이었다.

날이 밝자 쿤타와 함께 거인족의 수도로 향하기 시작했다.

수도로 가는 길은 꽤 험난했다. 강한 몬스터들이 득실거렸기 때문이었다.

우회해서 돌아가는 것이 좋을 텐데 쿤타는 멍청하게도 고집을 부렸다. 상처를 입었음에도 대단한 자신감을 보이고 있었다. 쿤타는 자신을 불세출의 전사로 여겼다.

신성은 그저 여행하는 기분으로 그를 따라갔다.

어비스의 중심이 아닌 이상 신성에게 해를 가할 만한 몬스터는 대단히 드물었다. 떼를 지어 덤비지 않는 이상에야 전혀 걱정할 필요가 없었다.

"후후, 내 밑으로 백이 넘는 여자가 있다. 하나같이 대단한 미색을 지녔지. 친구여! 원한다면 몇은 양보해 주도록 하마."

"필요 없어."

"강한 자가 취할 당연한 권리다! 사양하지 마라! 하하하! 알고 보니 의외로 숙맥이었군! 룬, 자네의 잘생긴 외모를 그렇게 썩히면 쓰나!"

하피에게서 도망치다가 간신히 살아남은 주제에 자기가 대단한 전사라도 되는 것처럼 떠들었다.

입을 막아버리고 싶은 충동이 들었지만 드래곤의 인내력으로 참아낸 신성이었다. 가만히 들어주는 것만으로도 호감도가 쑥쑥 올라 이제는 신성을 완전히 친구로 생각하고 있었다.

'놈의 부하도 불쌍하군.'

하피들에게서 살아남은 무용담을 거인족에게 말하겠다고 하고 있었다.

커다란 절벽이 있는 곳에 도착했을 때였다.

거대한 곰의 모습이 보였다. 머리에 뿔이 달려 있는 곰이었는데 중형 몬스터로 불릴만했다. 보스 몬스터는 아니었고 정예 몬스터였다.

203레벨 정도였는데 곰이 쿤타를 발견하자 고개를 돌렸다. 쿤타는 검을 치켜들었다.

"거인족의 힘을 보여주마! 내가 바로 위대한 쿤타다!"

쿤타가 곰에게 달려들었다. 신성은 팔짱을 끼며 쿤타가 하는 짓을 지켜보았다. 쿤타가 검을 곰에게 휘둘렀지만 검은 곰의 가죽을 뚫지 못했다.

곰의 거대한 앞발이 올라가는 순간이었다.

퍼억!

"커억!"

쿤타가 뒤로 크게 팅겨 나가며 바닥을 마구 굴렀다. 그러다가 절벽에 부딪히고는 몸을 부르르 떨었다.

'한심해서 좋군.'

전사는커녕 일꾼으로도 못 써먹을 정도였다. 신성은 쿤타가 무능한 것이 대단히 마음에 들었다.

곰은 화가 났는지 신성 쪽을 노려보았다. 신성은 들고 있던 창을 바닥에 꽂아 넣고는 곰을 바라보았다. 쿤타를 한 번에 날려 버릴 정도로 강한 힘을 지니고 있었지만 신성은 위협이 될 만하다고 생각하지 않았다.

드래곤의 힘, 그리고 지금도 적용되고 있는 대지가 주는 힘은 신성의 근력을 말도 안 되는 수치까지 끌어올려 주었다.

곰이 신성에게 달려들었다. 곰이 바로 앞에 도달하는 순간 두 손을 뻗으며 곰의 뿔을 잡았다. 신성이 뒤로 밀리지 않았다. 당황한 곰이 신성을 바라볼 때였다. 신성은 그대로 힘을 주어 곰을 들어 올렸다. 그리고 바닥에 내리꽂았다.

퍼억!

엄청난 힘에 곰은 그대로 박살이 났다. 바닥에 쓰러져 있던 쿤타는 입을 떡 벌리면서 신성을 바라보았다. 한 방에 중형 몬스터를 없애버리는 광경은 대단한 충격이었다.

신성이 자신을 바라보자 쿤타는 딸꾹질을 하기 시작했다.

"검을 줘."

"아, 알았다."

신성이 손을 뻗으며 말하자 쿤타는 쭈뼛거리며 다가와 자신의 검을 건넸다. 신성은 마력 도축으로 가죽과 고기를 회수했다. 쿤타는 신성이 잘라낸 뿔을 바라보았다.

"뿌, 뿔은 내가 가져도 되겠나?"

"뭘 줄 건데."

"크, 크흠."

쿤타는 고민하기 시작했다.

몬스터의 뿔은 거인족이 용맹을 나타내는 도구로 쓰였다. 큰 뿔을 가지고 있으면 대단한 명예를 얻을 수 있었다. 어비스에서는 뿔을 지닌 몬스터들이 많았는데 큰 뿔을 지닐수록 강력한 힘을 지니고 있었기 때문이었다.

뿔은 최고의 전리품이었다. 강한 남자를 좋아하는 거인족의 여인들을 유혹하기에도 쉬웠다.

사실 쿤타는 자신의 사냥감을 가지고 으스대는 놈들의 코를 납작하게 만들어주기 위해 최정예 거인족들과 협곡으로 사냥을 온 것이었다.

지금 신성의 손에 들려 있는 뿔은 대단히 컸다. 저것을 들고 간다면 큰 명예도 획득할 수 있었고 늘 자신을 나무라던 대족장에게 인정을 받을 수 있을 것 같았다.

'저건 반드시 내가 가져야 해!'

강제로라도 취하고 싶었지만, 신성의 엄청난 힘이 두려워진 쿤타였다. 저 정도의 힘을 보여준 거인족은 위대한 대전사를 제외하고는 없을 것이다. 쿤타는 잘 돌아가지 않는 머리를 굴렸다.

'룬이 내 전사가 되어준다면…….'

대전사를 견제할 수 있을 것 같았다. 쿤타는 뿔을 큰 값에

사는 것이 좋을 것 같다고 생각했다.

"여자 노예 열다섯은 어떤가?"

"잘라서 땔감으로 써야겠군."

"마족의 노예도 추가로······."

신성이 뿔을 향해 검을 치켜들자 쿤타는 기겁하며 신성의 팔을 붙잡았다.

"미, 미스릴 무기."

"흠, 별로······."

"방어구까지 세트로··· 주겠다!"

"조금 부족한데?"

미스릴 무기와 방어구 세트 정도면 엄청나게 남는 장사였다. 그러나 신성은 쿤타가 더 줄 것이 있어 보여 시간을 끌었다.

눈알을 굴리는 것이 줄까 말까 고민하고 있는 것이 분명했다.

'역시 알기 쉬운 놈이네. 멍청해서 마음에 들어.'

신성은 쿤타를 바라보았다. 신성의 무심한 눈빛을 받은 쿤타는 살짝 몸을 떨었다. 신성의 카리스마는 전성기의 대족장을 뛰어넘고 있었다.

"말로는 뭐든 다 줄 수 있지. 지금 네가 가진 건 아무것도 없잖아."

"음……."

쿤타는 한숨을 내쉬고 품에서 무언가를 꺼냈다. 커다란 열쇠였는데 미스릴로 만들어져 있었다.

"뭐지?"

"자세한 건 알려줄 수 없어. 하지만 대단히 값어치가 있는 것이지. 수도로 돌아가면 더 값이 나가는 것을 주겠어. 그때까지 당분간 이걸 너에게 맡기겠다. 만 명의 노예와도 바꿀 수 없는 것이다."

"흐음."

신성은 열쇠를 받았다. 딱 봐도 대단한 비밀이 숨겨져 있을 것 같은 모습이었기 때문이다. 신성은 드래곤의 눈으로 열쇠를 바라보았다.

[A]신물의 열쇠

멍청한 쿤타가 대족장의 방에 잠입하여 몰래 빼돌린 열쇠.

선택받은 위대한 전사만이 자물쇠를 풀고 신물을 손에 들 수 있다고 알려져 있다. 역대 모든 대전사가 신물을 열다가 죽음을 맞이해 거인족의 대족장은 신물을 여는 것을 금지해 왔다. 신물을 취한다면 가장 위대한 전사로 거인족의 역사에 이름을 남길 수 있을 것이다.

거인족의 신물이라는 것이 신성의 호기심을 자극했다. 아르케디아 온라인에서도 들어본 적이 없는 내용이었다. 어차피 거인족의 모든 것을 취할 생각이었으니 신물 역시 그의 것이나 마찬가지였다.

쿤타에게는 미안하지만, 이것을 돌려줄 생각은 없었다.

신성은 쿤타를 바라보며 의지력을 일으켰다.

[잊어라.]

드래곤 하트의 마력이 급속도로 빠져나갔다. 이런 영향력을 끼치는 용언은 꽤 부담이 되어 많이 쓸 수는 없었다.

쿤타의 지능이 낮았기에 다행히 잘 먹힌 것 같았다.

쿤타의 눈빛에 멍해졌다. 신성은 열쇠를 인벤토리에 넣었다.

"으, 응? 뭐지?"

"좋아. 바꾸도록 하지."

"하하하! 알겠다. 수도에 도착하면 바로 주도록 하마."

[쿤타의 호감도가 대폭 상승합니다.]
[쿤타가 당신을 완전히 신뢰합니다.]

신성이 커다란 뿔을 넘기자 쿤타는 대단히 좋아하며 흡족한 미소를 지었다. 벌써 자랑할 생각으로 머릿속이 가득 차

있는 것 같았다.

저런 멍청한 놈이 권력을 잡으면 어떻게 될까?

거인족의 미래가 그려지는 듯했다.

'일단 적당한 위치까지 올라가 봐야겠군.'

거인족의 종족 특성 스킬을 배워보는 것도 좋을 것 같았다.

CHAPTER 3

불꽃의 대전사I

신성은 쿤타를 조금씩 부추겼다.

쿤타는 멍청하게도 신성의 그런 부추김에 자극을 받아 그로라에 대한 분노를 불태웠다. 하피들에게 정예 전사들이 당한 것도 한몫했다. 정예 전사들은 대족장이 쿤타를 걱정해 선물해 준 전사들이었다.

정예 전사들이 죽은 것만으로도 쿤타의 영향력이 줄어들 정도로 그들이 갖는 위치는 대단했다.

'협곡 밑으로 떨어졌으면 마왕급이라도 무사하지 못하겠지.'

하피는 그런 면에서 사악했다.

신성은 무리를 하더라도 하피 무리를 완전히 복속시키겠다고 마음을 먹었다. 일단 자신을 숭배하기 시작했으니 조금만 노력한다면 가능할 것 같았다.

도중에 몬스터와 싸움이 있었기는 했지만 무난하게 빠져나올 수 있었다.

신성이 엄청난 괴력을 보여줄수록 쿤타는 고분고분해졌다. 커다란 뱀을 두 손으로 잡아 찢어버렸을 때 쿤타는 신성에게 술까지 따라주며 그의 비위를 맞춰주었다. 도대체 누가 대족장의 아들인지 구분이 안 될 정도였다.

쿤타는 도중에 자신이 대족장의 아들임을 밝혔지만 신성이 반응하지 않자 눈치를 볼 뿐이었다.

그렇게 며칠이 지나자 이제는 완전히 친구처럼 구는 쿤타였다. 쿤타는 나쁜 놈이기는 했지만 나름 귀여운 맛이 있었다. 죽일 때는 곱게 죽여주고 싶은 마음이 조금 들었다.

신성과 쿤타는 해가 질 때쯤에 거인족의 마을에 당도할 수 있었다.

"하하! 이보게 친우여! 저기가 일라칸 마을이다! 후, 이제 안심이군. 저곳에서 말을 타고 수로로 가면 될 것 같다. 일라칸은 내 영지이지!"

"그런가?"

"자자! 내가 거하게 한잔 사지! 하하하!"

일라칸은 나무와 벽돌로 만들어진 커다란 마을이었다. 목책도 나름 세워져 있고 방어구를 갖춰 입은 경비원도 보였다.

신성은 지금 거인족의 모습이라 그다지 감흥이 없었지만 휴먼족과 비슷한 체구를 지닌 종족이 본다면 그 거대한 모습에 위압감을 받을 것이다. 하나같이 모두 컸고, 아예 나무를 기둥째 뽑아 어깨에 걸치고 가는 거인족도 보였다.

'기본 근력에서는 드워프들도 상대가 안 되겠군. 오우거 정도는 되어야 비벼볼 만할 거야.'

레벨이 꽤 높은데 기이하게도 약한 쿤타가 조금 이상할 정도였다. 쿤타의 근력도 그럭저럭 괜찮았지만, 그것을 다룰 만한 기술을 지니고 있지 않았다.

매일 놀고먹었는지 온몸이 물렁물렁했다.

'대족장이 어지간히 편애했나 보군.'

미련한 쿤타에게 수도와 가까운, 이런 거점을 내줄 정도이니 말이다. 형제는 모두 죽고 없고, 쿤타와 계승권을 두고 싸우는 라이벌은 여자였으니 당연한 건지도 몰랐다. 신성은 그로라를 높게 평가했다. 그러한 상황 속에서 쿤타를 압박하고 있으니 말이다.

쿤타는 당당하게 마을 입구로 다가갔다.

"하하하! 문을 열거라! 위대한 쿤타가 돌아왔다!"

"잠시만 기다려 주십시오."

쿤타를 알아본 경비원이 비켜서지 않았다. 쿤타는 인상을 구기며 경비원을 바라보았다.

"네 이놈! 내가 누군 줄 알고 감히! 고이론 부대장에게 지금 당장 나오라고 해라!"

"크흠, 고이론 부대장은 얼마 전에 다른 곳으로 전출 가셨습니다."

"뭐라?"

"지금 이곳을 관리하시는 분은 가달락 님이십니다. 그로라 님께서 당분간 마을 출입을 엄금하라고 하셔서… 일단 상부에 확인해야 합니다."

"미친!"

명백히 쿤타를 견제하고 있었다.

신성은 뒤에서 쿤타가 날뛰는 것을 바라보았다.

'빼앗겼군.'

후계 싸움 중에 한가롭게 사냥을 가니 당연한 결과였다. 쿤타의 멍청한 행동에 그로라는 손쉽게 거점을 먹을 수 있었던 것이다. 이대로 놔둔다면 쿤타는 아마 이른 시일 내에 패망할 것 같았다.

"비켜! 비키라고!"

"죄송합니다."

"이, 이 자식들이! 수도로 돌아가면 너희들은 다 죽었어! 내가 직접 목을 칠 것이다! 젠장! 빌어먹을!"

쿤타는 길길이 날뛰었지만, 경비원은 꿈쩍도 하지 않았다. 경비원의 레벨은 225로 쿤타보다 높았다. 일개 경비원이 아니라 그럭저럭 뛰어난 전사를 배치해 놓은 것 같았다.

경비원들이 오히려 더 몰려왔다. 덩치가 더 큰 거인족들이 목책 위에서 쿤타를 비웃었다. 그로라를 믿고 쿤타에게 함부로 대하고 있는 것이다.

신성은 재미있게 돌아가는 상황이 마음에 들었다.

'점수 좀 따볼까? 화려하게 등장하는 것도 나쁘지는 않겠지.'

신성은 피식 웃고는 앞으로 나왔다.

"쿤타, 내 친우여. 진정해라."

"크흠! 룬! 자네의 앞에서 부끄러운 꼴을 보였군!"

이제 와서 근엄한 척 해봤자 소용없었다.

비웃음 소리가 들렸다.

신성이 앞으로 걸어 나오자 경비원들은 뒤로 주춤 물러났다. 신성에게서 뿜어져 나오는 기세에 압도당한 것이다.

목책 위의 전사들도 조용해졌다. 그들은 본능적으로 신성이 보통이 아님을 알아보았다. 그것은 뛰어난 전사의 육감이었다.

신성은 어떻게 나갈까 하고 고민하다가 쿤타처럼 개차반 성격이 되어보는 것도 나쁘지 않을 것 같았다. 어차피 다 적이니 말이다.

악신다운 악당이 되어보고 싶었다.

"오래 걸어와서 피곤하군. 마차를 가져와라."

"무, 무슨……."

신성의 손이 순식간에 뻗어 나갔다.

"커억!"

한 손으로 경비원의 목을 조르며 그대로 들어 올렸다. 경비원은 몸을 부르르 떨다가 입에 거품을 물더니 눈이 뒤집혔다.

옆에 있던 동료 경비원은 기겁하며 무기를 뽑아 들었다.

신성은 기절한 경비원을 목책 위로 던졌다.

콰앙!

목책이 박살 나며 경비원의 몸이 박혀 버렸다. 뒤에 있던 쿤타도 엄청 놀라 입이 벌어졌다. 그러다가 득의양양해져 커다란 웃음을 터뜨렸다.

"그, 그래! 하하하! 여자와 술, 그리고 마차를 가져와라! 명령이다!"

쿤타의 입이 귀에 걸렸다. 신성은 씨익 웃으며 무기를 겨누고 있는 경비원을 바라보았다.

"두 번 말하지 않겠다."

"여, 여기서 날뛰면 그, 그로라 님께서……."

경비원은 신성의 괴력에 이러지도 저러지도 못했다. 검을 겨누고 있었지만, 검 끝이 떨리고 있었다. 신성은 검을 손으로 잡았다.

퍼석!

검이 가볍게 박살 나며 바닥에 떨어졌다. 신성의 주먹이 쥐어지는 순간이었다.

콰앙!

뻗어 나간 주먹이 경비원의 투구를 때렸다. 경비원은 그대로 뒤로 날아가 나무문에 부딪혔다. 나무문은 허무하게 박살 나더니 무너져 내렸다. 목책 전체가 흔들릴 정도의 충격이었다.

"그로라… 사내놈들이 그 계집 뒤에 숨다니 겁쟁이들밖에 없군."

신성의 말에 지켜보던 전사들이 모두 발끈했다.

방패와 도끼를 든 전사들이 박살 난 문으로 몰려 나왔다. 스물이 넘었는데 모두 240레벨을 넘어서고 있었다.

레벨은 그럭저럭 위협이 될 만했지만 스텟을 따져볼 때 신성에 비교할 수 없었다.

거인족의 육체는 드래곤의 힘을 적절하게 낼 수 있을 정도로 탄탄했고 대지에 발을 딛고 있으면 근력이 큰 폭으로 상승했다.

"네놈… 죽여 버리겠다!"

"감히 그로라 님의 명예로운 이름을 모욕하다니!"

전사들에게서 살기가 뿜어져 나왔다. 쿤타가 겁을 먹고 뒤로 주춤 물러났다.

쿤타는 식은땀을 흘리고 있었다. 신성은 전혀 위축되지 않았다.

"사실이지 않은가? 대족장의 피를 이은 쿤타가 여기에 있는데, 네놈들은 그깟 계집의 치마폭에 쌓여서 덜덜 떨고 있으니 말이야. 하하하!"

신성의 목소리는 대단히 우렁찼다.

"저, 루, 룬! 꽤, 괜찮겠나?"

"음, 저놈들을 전부 처리하면 얼마를 줄 건가?"

"하, 하하. 내, 내, 영지를 하나 내주지! 조, 좋은 곳으로!"

"그럼 벨트나 꽉 잡고 있어라."

"무, 무슨 뜻이지?"

신성은 쿤타를 바라보며 씨익 웃었다.

"캐리 버스가 지금 출발하니 말이야."

전사들은 노련했다.

자신들의 숫자가 압도적으로 많음에도 신성을 얕보지 않고 방패를 치켜들었다.

신성은 길게 숨을 내쉬었다. 드래곤 하트가 두근거리며 전신에 엄청난 마력을 공급해 주었다.

거인족의 모습이지만 신성은 드래곤의 심장을 지녔다. 그 순수한 마력은 이제껏 거인족이 경험하지 못한, 피와 살이 휘날리는 폭풍을 만들어낼 것이다.

신성이 한걸음 내딛는 순간 바람이 휘몰아쳤다. 방패를 든 전사들이 뒤로 밀려 나갈 정도의 강풍이었다. 목책이 흔들리며 괴이한 소음을 만들어냈다.

신성의 몸이 잔상을 그리며 쏘아져 나갔다. 엄청난 근력에서 나오는 속도는 마치 바람과도 같았다.

뒤로 당겼던 주먹이 총알처럼 뻗어 나갔다.

콰앙!

주먹은 강철로 만들어진 방패를 조각내며 그대로 전사의 얼굴에 꽂혔다. 목이 확 돌아감과 동시에 전사의 몸이 뒤로 튕겨 나가더니 목책을 부딪쳤다. 목책을 박살 낸 것도 모자라 마을 안까지 대굴대굴 굴러갔다.

신성은 거기서 멈추지 않았다. 바로 옆에 있는 전사의 옆구리를 후려쳤다.

"크악!"

갑옷은 소용없었다. 오히려 부서진 갑옷의 파편이 몸에 깊숙이 박혀 피를 토해야만 했다.

거대한 덩치를 지닌 전사가 종이처럼 날아갔다.

퍽퍽!

일방적인 구타가 이어졌다.

"으, 으아아!"

"으아!"

당황한 전사들이 신성을 향해 도끼와 검, 그리고 창을 꽂아 넣었다. 주변을 포위하며 꽂아 넣은 터라 신성이 피할 길이 없어 보였다.

신성은 피하지 않았다.

카앙!

마력 스킨이 날붙이들을 허무하게 튕겨냈다. 마력 소모가 있기는 했지만 버텨낼 수 있는 수준이었다.

전사들의 눈동자가 크게 떠졌다. 신성의 육체에 무기가 닿는 순간 스파크가 튀기며 오히려 자신들의 무기가 튕겨 나갔기 때문이다. 그들의 눈에는 마치 신성이 강철로 된 육체를 지니고 있는 것으로 보였다.

신성의 주먹이 뻗어 나갔다. 오랜만에 써보는 전투법이었다. 갑옷을 조각내고 뼈를 아작 냈다.

신성이 주먹을 휘두를 때마다 추풍낙엽처럼 전사들이 쓰러져 갔다.

"컥!"

주먹에 맞은 전사들은 피를 토하며 바닥에 쓰러졌다. 신성은 바닥에서 부르르 떠는 전사를 바라보다가 그의 다리를 잔혹하게 그대로 밟아버렸다.

"끄아아악!"

뛰어난 전사로 불리던 사내가 엄청난 고통에 비명을 질렀다. 신성은 잔인했다. 방어에는 전혀 신경 쓰지 않고 주먹을 꽂아 넣었다.

뒤로 물러나려는 전사의 몸을 잡고는 옆으로 던졌다. 쭉 날아가다가 바닥에 처박힌 전사는 일어나지 못했다.

신성은 잘근잘근 모두를 밟아주었다. 반항할 생각을 못 하게 철저히 패버렸다. 유혈이 낭자했지만 한 방울의 피조차 묻어 있지 않은 신성의 모습에 지켜보던 모두가 경악했다.

자랑스럽던 그로라의 전사들이 허무하게 바닥에 굴러다녔다. 신음만이 가득했다.

"허약하군. 허약해. 겨우 이 정도냐?"

신성은 그렇게 말하며 바닥에서 신음을 흘리던 놈의 머리를 밟았다.

"끄악!"

"하하하! 비명마저 허약하군."

고통에 비명을 질렀지만 약한 말은 내뱉지 않았다.

신성은 속으로 감탄했다. 그로라라는 여자는 꽤 좋은 전사들을 소유하고 있었다.

마을을 지키는 병력이 몰려 나왔지만 신성에게 덤비는 자는 존재하지 않았다. 스물이 넘는 정예 전사를 눈 깜짝할 사이에 때려눕혔으니 당연한 결과였다.

쿤타는 침을 꿀꺽 삼키며 신성을 바라보았다.

'대, 대단해! 이 정도로 강하다니!'

흥분을 감출 수 없었다.

저 정도로 강한 전사가 자신을 위해 싸우고 있는 것이다! 세상을 다 가진 것 같은 기분이 들었다.

"멈춰라!"

우렁찬 목소리와 함께 누군가 걸어 나왔다. 금빛으로 빛나는 창을 들고 있는 이였다.

"가달락 님!"

"가달락 님이 나오셨다!"

그로라의 직속 부하가 모습을 드러냈다. 가달락은 푸른 망토를 두르고 있었다. 한 손에 잘 제련된 방패를 들었고 다른 한 손에는 금빛 창을 들고 있었다.

드래곤의 눈으로 본 가달락은 대단히 뛰어난 전사였다. 쿤타는 긴장하며 가달락을 바라보았다.

"감히 그로라 님의 영지에서 무슨 소란인가!"

"그로라? 이곳은 쿤타의 것이다. 그로라, 그 계집은 비겁하게 도둑질을 했더군."

"네놈……!"

사실이긴 했다. 명예롭지 못한 방식이었지만 가달락은 그로라가 만들 거인족의 영광에 모든 것을 바칠 각오가 되어 있었다. 쌓아 올렸던 명예마저도 버릴 준비가 되어 있었다.

신성은 반박하지 못하는 가달락을 보며 비웃었다.

"배신자들이 가득하군. 모두 사내구실을 못 하게 만들어주지."

마을에는 쿤타의 부하였던 자들이 많이 남아 있었다. 그로라의 편으로 붙은 것이다. 후계 싸움에서는 줄을 잘 댄 자들이 출세하는 법이었다.

가달락은 창을 신성에게 겨누었다.

"네놈, 이름이 뭔가?"

"너처럼 허약한 놈에게는 알려주고 싶지 않군."

가달락의 얼굴이 일그러졌다. 가달락이 손을 들었다.

"창과 방패를 가져와라!"

가달락의 시종이 꽤 좋아 보이는 창과 방패를 가지고 왔다. 가달락은 그것을 신성에게 던졌다.

거인족의 명예로운 결투 방식이었다.

신성은 창을 주워 들었다. 그러고는 피식 웃고는 창을 힘껏 던졌다.

휘이이이!

가달락의 볼을 스치고 지나간 창이 마을의 중앙에 있는 커다란 비석에 박혔다.

콰앙!

비석이 박살 나며 땅에 떨어졌다. 그것을 지켜본 거인족들은 너무나 놀라 아무 말도 할 수 없었다.

신성이 발로 방패를 밟자 방패가 가볍게 우그러졌다.

"너 따위를 상대하는데 무기를 들라고? 웃기는군."

"후회하지 마라!"

가달락이 방패를 들며 창을 겨누었다. 그는 꽤 높은 랭크의 전투 기술을 지니고 있었다. 그러나 드래곤의 전투법에 비할 바가 아니었다. 금빛 창을 타고 마력이 뿜어져 나오며 뚜렷한 오러가 맺혔다. 오러는 강력해서 마력 스킨으로 막기에는 조금 부담스러울 정도였다.

"흐앗!"

가달락이 신성에게 달려들었다. 날렵하게 움직이며 창을 뻗었다. 목을 노리는 공격을 신성은 그저 고개를 꺾는 것으로 간단히 피해 버렸다.

가달락의 빠르게 창을 찔렀다. 대단히 빠른 연격기였다. 오러가 공기를 가르며 내는 소리는 상당히 매서웠다.

신성은 아슬아슬하게 창을 피하다가 주먹을 내질렀다.

쿠웅!

방패에 주먹이 박히며 가달락의 몸이 들썩였다. 그럭저럭 힘껏 쳤음에도 가달락은 신성의 일격을 막아내었다.

'제법이네. 웬만한 아르케디아인들은 상대가 못 되겠어. 뛰어난 지도자가 이들을 통합해서 쳐들어온다면… 난리가 나겠군. 오히려 마족보다 골치가 아플 수도 있겠어.'

가달락은 뛰어난 전사였다. 에르소나와도 좋은 대결을 벌일 수 있는 수준이었다. 지금은 에르소나가 레벨에서 많이 뒤처지니 가달락이 이길 것이다.

이런 전사가 많다면 아르케디아인들은 많은 죽음을 각오해야 했다. 지금은 거인족이 비록 야만적이지만 그로라는 생각이 깨어 있는 것 같았다.

그것만큼 까다로운 적은 없었다.

신성은 거인족의 저력을 확인할 수 있었다.

퍼엉!

신성은 마력을 터뜨리며 그대로 방패째 발로 차버렸다. 가달락이 휘청거리다가 넘어지며 바닥을 굴렀다.

방패를 버린 가달락은 다급히 창을 신성에게 겨눴다.

"크윽!"

신성은 창을 손으로 잡았다. 가달락이 내뿜는 오러가 반발력을 일으켰지만 신성의 힘은 그것을 능가했다. 신성은 다른 손으로 그대로 가달락의 턱을 갈겨 버렸다.

퍼억!

가달락의 힘없이 기절했다.

주변이 조용해졌다.

신성의 압도적인 무위에 모두가 할 말을 잃은 것이다.

가달락은 그로라가 아끼는 직속 전사 중 하나였다. 그로라의 친위대보다는 무력 수위가 낮았지만 그래도 일반적인 정예 전사들과는 비교할 수 없을 정도였다.

그런 상대를 손쉽게 이겼으니 충격을 받는 것은 당연했다.

"너."

"예? 예! 부, 부르셨습니까?"

가달락의 시종을 보며 신성이 말하자 시종은 화들짝 놀라며 굽신거렸다.

"배신자들은 어떻게 처리하는지 알고 있나?"

"혀, 협곡에 더, 던져 버립니다."

"그렇지."

신성이 가달락의 창을 들었다.

그리고 가달락이 착용했던 방어구를 뜯어 입었다. 망토를 걸칠 때까지 아무도 신성을 말릴 수 없었다.

심지어 쿤타조차 침을 꿀꺽 삼키며 굳어 있을 뿐이었다.

"쿤타."

"네? 아, 아… 크흠. 그, 그래! 친우여!"

"너를 배신한 자를 모두 죽여도 되겠나? 절반 정도는 직접 죽이고 나머지는 협곡에 던져 버리고 싶군."

쿤타는 신성의 눈치를 살폈다.

"다, 다 죽이겠다고? 일반 백성들까지?"

"배신자와 붙어먹은 놈들이다. 팔다리를 잘라 하피들의 먹이로 주는 것도 나쁘지 않겠지."

신성의 말에 모두가 흠칫 떨었다.

숫자는 그들이 훨씬 많았지만, 신성을 도저히 이길 수 있을 것 같지가 않았다.

신성의 사악한 웃음에 쿤타는 몸을 떨었다.

"그, 그러지 말고 다시 내 밑으로 들어오면 조, 조금은 용서해주는 것이 어떤가. 그, 그로라의 횡포에 놀아난 것이니 말이야."

"흐음."

"진정하게! 하, 하하! 모두 죽이면 우리의 말을 끌 마부가 없지 않은가! 술도 내올 수 없고 말이지. 게다가 이곳의 여자는 예쁘기로 유명하다네! 친우여!"

쿤타는 생각보다 약한 면모를 보였다. 본래 잔혹한 성격이었지만 이곳에 있는 모두를 몰살시킬 정도로 미치지는 않았다.

신성의 악독한 모습에 쿤타가 착해 보일 정도였다.

물론 신성도 진짜로 그럴 생각은 없었다. 그런 악독한 짓은 루나가 싫어했기 때문이다. 신성은 그냥 연기 정도로 만족하기로 했다.

'이래서 드래곤이 유희를 한다는 설정이 있었나?'

다른 인물로 살아보는 것도 제법 신선한 재미를 주고 있었다.

"아쉽군. 자네를 봐서 참도록 하지."

"그, 그래! 고맙다! 정말 고마워! 하하하!"

"음, 살고 싶으면 무릎을 꿇어라."

신성의 음산한 말이 울려 퍼졌다.

신성은 창을 들었다.

화르륵!

엄청난 마력과 함께 불꽃이 치솟아 올랐다. 신성의 옆에 있던 쿤타가 깜짝 놀라 엉덩방아를 찧었다.

신성이 창을 휘두르자 불꽃의 오러가 뿜어져 나가며 목책을 불태웠다. 목책 위에 서 있던 경비원들이 비명을 지르며 뛰어내렸다.

"부, 불꽃!"

"대, 대전사!"

일기당천이라는 대전사만이 보여줄 수 있는 모습이었다.

쿤타의 벌어진 입은 한동안 다물어지지 않았다.

                    *   *   *

일라칸은 다시 쿤타에게로 복속되었다.

정예 전사들이 아무것도 못 해보고 떡이 되어 쓰러졌고 가
달락마저 처참하게 당했으니 반항할 거인족 병사는 존재하지
않았다.

신성이 목책을 태워 버리는 엄청난 신위까지 보인 데다가
쿤타가 아니었다면 모두 다 죽을 수도 있었으니 눈치를 살필
뿐이었다.

원래부터 쿤타의 영지였으니 그로라나 그녀의 부하들이 따
지고 들어올 수 없었다. 빼앗긴 것을 빼앗았을 뿐이니 말이
다.

오히려 사로잡힌 전사들 걱정을 해야 할 처지였다. 가달락
을 포함한 많은 정예 전사들이 포박되어 갇혀 있었다. 쿤타를
암살하려 했다는 누명이 씌워진 상태였고 신성은 그것을 구
한 영웅이 되었다.

'재미있게 돌아가겠군.'

신성과 전사들이 싸운 것은 사실이었다. 그것을 조금만 비
틀어도 재미있는 결과가 나오는 것이다.

쿤타는 거인족의 전사들은 17만이 넘는다고 떠들어대고 있

었다. 대족장이 소유하고 있는 전사들이 그 정도였고 쿤타와 그로라는 각각 2만 정도 되는 병력으로 후계 다툼을 하고 있었다. 대충 돌아가는 상황을 보니 그로라의 전사가 쿤타의 전사보다 질적인 측면에서 앞서고 있는 것 같았다.

'무난히 후계자가 되면 20만 정도의 병력이겠군.'

모든 아르케디아인의 숫자를 합친다면 그보다 훨씬 많겠지만 거인족과 싸울 수 있을 수준의 아르케디아인들은 적었다.

현재 어비스에 넘어올 수 있는 수준의 레벨을 지닌 이들은 10만이 안 될 것이다. 어비스에서 제대로 활약할 수 있는 수는 그보다 훨씬 적었다.

'드래고니아에 부활석이 설치되고 있기는 하지만 전력 차가 너무 나버리면 아무 소용없지.'

지금 당장은 후계 다툼과 마계 때문에 드래고니아에 신경을 쓸 수 없었으니 신성은 그것을 잘 이용해 보자고 생각했다.

"하하하! 마시자! 으하하!"

쿤타와 신성은 마을의 여관에서 술을 마셨다.

마을의 여관에서 머물던 자들은 모두 쫓겨났다. 여관은 오로지 쿤타만을 위해 존재하고 있었다.

맛없는 음식들이 테이블 위에 잔뜩 깔려 있었다. 몬스터의 고기를 대충 구운 것과 맛없는 수프, 딱딱한 빵이 전부였다.

쿤타는 이미 얼큰하게 취해 비틀거렸다. 거인족의 여인들이 쿤타의 옆에서 눈치를 보고 있었는데 쿤타가 고개를 테이블에 처박고 쓰러지자 화들짝 놀라며 어찌할 바 몰라 몸을 덜덜 떨었다.

"너희는 나가 보거라."

"네? 네, 나, 나으리!"

"가, 감사합니다."

여인들은 조용히 여관 밖으로 나갔다. 창밖으로 여인의 가족들이 안도의 한숨을 내쉬는 것이 보였다.

쿤타가 말했던 것처럼 거인족 여인들의 미색은 꽤 뛰어났다. 인간들에 비해 좀 더 탄탄한 몸매를 지니고 있었고 아르케디아인들에 비해 얼굴은 훨씬 서구적이었다.

거인족에는 전사들이 많기는 했지만, 전사가 아닌 일반 거인족들의 숫자가 더 많을 것이다.

전사가 아닌 일반인들의 삶은 그리 좋아 보이지 않았다. 여성은 더욱 그러했다. 전사 위주로 돌아가는 부족 사회에서 여성 전사가 드물지는 않았지만 아무래도 남성보다 밀리는 것은 사실이었다.

'문명 수준도 낮고 말이지.'

제대로 된 농사 기술도 없었고 사냥을 통해 먹고 살아가는 수준이었다. 전사들은 가죽옷을 입고 있었지만 일반 거인족

들은 그마저도 구하지 못해 나무껍질로 몸을 가리고 있는 자
들이 대부분이었다.

노예들은 아예 알몸이었다.

거인족이 어떤 자들인지 신성은 대충 파악이 되었다. 오로
지 전투에만 특화된 종족이었다. 마족들이 좀처럼 진출하지
못하고 대치 상황인 것이 이해가 되었다.

"크, 크흐흐! 다 내 것이다! 다……."

고개를 처박은 채 잠꼬대를 하는 쿤타를 본 신성은 피식
웃고는 제일 큰 방으로 갔다.

창문을 열자 달빛이 들어왔다. 고개를 내밀어 하늘을 보니
찬란하게 빛나는 루나의 달이 보였다.

루나가 어비스에 온 순간 생겨난 것이었다. 루나의 신성을
나타내는 상징으로 어비스에서도 찬란한 아름다움으로 사방
을 비추고 있었다.

다음 날, 신성은 수도로 가는 길에 올랐다. 마을에서 마차를
구했는데 말 대신 가달락과 포로들이 포박되어 마차를 끌었다.

즉결 처형보다는 수도로 운송해서 그곳에서 대족장에게 처
분을 요청하려 했다. 그렇게 된다면 그로라의 입지도 상당히
좁아지고 불명예스럽게 암습 따위를 하려 하는 치졸한 여자
가 되는 것이다.

그것은 신성의 계획이었고 그것을 들은 쿤타가 감동하며 반짝이는 눈으로 신성을 바라보았다.

"친우여! 자네는 천재야! 하하하! 수도에 도착하면 약속한 모든 것을 주겠어! 노예, 영지! 돈, 여자! 말만 하게! 하하하!"

"흐음."

"저놈들의 가족들도 모두 노예가 될 터이니 자네에게 주는 것이 좋겠군."

마차 안에서 그렇게 떠드는 소리를 들었는지 마차를 끌고 있는 전사들이 움찔했다. 하지만 그들이 할 수 있는 일은 없었다. 패자는 말이 없는 법이다. 전투에서 졌으니 승자가 모든 것을 취하는 것은 거인족에게는 당연한 일이었다. 게다가 쿤타의 사람인 신성에게 검을 겨누었으니 그것은 쿤타에게 검을 겨눈 것과 마찬가지였다. 그로라의 힘을 등에 업고 날뛰다가 치명타를 맞은 것이다.

한동안 편안하게 마차를 타고 가자 거인족의 수도가 보였다.

호칸, 거인족의 심장이라 불리는 곳이었다.

수도답게 벽돌로 성벽이 쌓여 있었고 대단히 웅장했다. 기술력이 부족해 투박했지만 그것만으로도 제법 운치가 있었다. 호칸 주변에서 농사를 하던 거인족들이 마차를 놀란 눈으로 바라보았다. 유명한 전사인 가달락이 비참한 꼴로 마차를 끌고 있으니 당연했다.

그로라의 세력에 있는 이들이 그 광경을 보고 바쁘게 움직이기 시작했다.

마차가 성문으로 다가가자 성문을 지키고 있는 경비들이 움찔하며 성문을 열었다.

'현재 아르케디아인들이 공략하기는 힘들겠군.'

성 자체는 튼튼한 편은 아니었지만 성을 지키고 있는 거인족들의 레벨은 꽤 대단했다. 게다가 대족장에 대한 충성심도 대단히 높아 단결이 잘 되어 있었다.

마차가 성안으로 들어오자 쿤타의 전사들이 뛰어나와 쿤타를 맞이했다. 하나같이 좋은 갑옷을 입고 있었지만 아쉽게도 무력 수위는 가달락에 크게 못 미쳤다. 다른 정예 전사들에 비해서도 조금 부족한 정도였다.

쿤타의 전사들은 무릎을 꿇었다.

"위대한 태양의 아들께 영광을!"

"영광을!"

쿤타가 고개를 치켜들고는 마차에서 내리며 그들을 바라보았다.

"나의 자랑스러운 전사들이여! 저들을 보아라! 감히 나를 죽이려 했던 놈들이다!"

쿤타의 말에 주변의 모두가 웅성거렸다.

신성이 마차에서 내리며 쿤타의 뒤에 섰다.

"나의 위대한 친우, 룬이 저들을 모두 때려눕히고 정의를 구현했다. 사악한 그로라가 마족과 결탁해 대족장의 위대한 전사들을 살해했고 나마저 죽이려 했다!"

"그럴 수가!"

"그런 말도 안 되는!"

마차에 묶여 있던 포로들이 반발했지만 그들의 말을 들어주는 이는 없었다. 가달락과 전사들이 저렇게 잡혀 있으니 증거마저도 확실해 보였다.

신성이 쿤타를 바라보았다. 쿤타는 신성의 눈빛을 받고는 고개를 끄덕였다.

"내가 대족장께 이를 직접 보고할 것이다!"

쿤타가 움직이려고 하자 검을 장비한 전사들이 다가왔다.

"잠시만 기다려 주십시오!"

쿤타의 눈이 찌푸려졌다. 그들은 그로라 직속 전사들이었다.

그들의 앞을 막는 이들은 아무도 존재하지 않았다. 심지어 쿤타의 전사들마저 기세에 눌려 은근슬쩍 길을 내줄 정도였다.

어깨에 하얀 깃털로 장식한 전사가 가장 앞으로 나왔다. 그는 다란이라 불리며 그로라의 신임을 받고 있는 머리가 좋은 전사였다.

"방금 그 말씀은 너무 과장된 것 같습니다."

"뭐라?"

"명확한 증거가 없지 않습니까? 제 눈에는 오히려 쿤타 님이 그로라 님의 전사들을 핍박한 것으로 보입니다. 안 그렇습니까? 거인족 전사들이여!"

다란의 말에 쿤타의 얼굴이 구겨졌다. 주변의 거인족들이 웅성거렸다. 분위기가 반전되어 가고 있었다.

신성은 피식 웃고는 앞으로 나왔다.

"증거라……"

신성의 말이 울려 퍼지자 순식간에 침묵이 깔렸다.

신성이 주먹을 쥐자 불꽃이 터져 나오며 돌풍이 불어닥쳤다. 다란은 경악하며 신성을 바라보았다.

"무, 무슨……!"

퍼억!

신성의 주먹이 다란의 얼굴을 때렸다. 다란의 뒤로 튕겨 나가며 건물에 부딪혀 그대로 혼절했다.

"거인족의 증거는 강함뿐이다."

신성은 앞으로 걸어나가 그로라의 전사들을 향해 손을 휘저었다.

불꽃이 휘몰아치며 전사들을 덮치자 전사들은 몸에 붙은

불을 끄려 바닥을 구를 수밖에 없었다.

주변의 거인족들이 침을 꿀꺽 삼키며 신성을 바라보았다. 쿤타는 크게 웃음을 터뜨렸다.

"하하하! 잘해주었다! 나의 친우여."

"저들이 너에게 누명을 씌우려 했다. 너를 죽이려 했던 사실을 감추면서 말이지."

"그렇군! 뭣들 하는 것이냐! 감히 나를 능멸한 저 간악한 자들을 잡아들여라!"

쿤타가 명령하자 눈치를 살피던 쿤타의 전사들이 움직였다. 그로라의 전사들이 반항했지만 신성이 가달락의 창을 들고 합류하자 그로라의 전사들은 힘을 쓰지 못했다.

창을 휘두를 때마다 전사들이 튕겨 나가 바닥을 굴렀고 화염이 터져나가며 전투 불능 상태를 만들었다.

주변에 몰려든 수많은 대족장의 전사들은 개입하지 않고 그것을 지켜보았다.

호칸에는 그로라보다 쿤타의 전사가 더 많았다. 결정적으로 그로라의 직속 전사들은 대부분 자리를 비운 상태였다. 싸움은 빠르게 정리되었다.

쿤타는 눈알을 부라리며 주변을 바라보았다.

"그로라! 그년은 지금 어디 있지?"

"그게… 얼마 전 전사들을 이끌고 나갔습니다."

쿤타의 말에 쿤타의 전사 하나가 대답했다.

"마족과 혀, 협상을 주도하겠다고… 마족에게 조공을 받는다고 하는 것 같았습니다."

"그랬군! 마족과 짜고 대족장의 자리를 넘보는 것이었어."

그로라는 현재 호칸에 없었다.

'마족들과의 협상이 꽤 진척되었나 보군. 그로라가 없는 지금이 기회다.'

마족들도 거인족과 충동하고 싶지 않아 일정한 비용을 제공하는 방향으로 정한 것 같았다. 거인족이 조공을 받고 협곡의 길목을 내어준다면 드래고니아에 마족들이 침입할 수 있는 루트가 생기는 것이었다.

'정리해 보자.'

신성이 판단은 이러했다.

쿤타가 멍청하게도 사냥을 간 순간 그로라는 그때가 적기라고 판단했을 것이다. 빠르게 일라칸을 점령하고 마족과 협상을 하러 간 것이다.

골치 아픈 마족과의 일이 처리가 된다면 그로라의 입지는 더 높아질 것이 분명했다. 길을 비켜주는 것이 거슬렸지만 조공을 받는 형식이었기에 모양새도 나쁘지 않았다.

일라칸에서 쿤타를 막은 것은 시간을 끌기 위함으로 보였다. 아마 쿤타와 사냥을 갔던 전사들도 미리 포섭해 놨을 가능성이 컸다. 상당히 멀고 위험한 협곡까지 간 것을 보면 말이다.

만약 그렇지 않더라도 가달락과 정예 전사들이 충분히 시간을 끌 수 있었다.

쿤타가 수도로 돌아오지 못하는 사이 그로라는 모든 것을 달성해 놓을 생각인 것 같았다. 신성이 없었다면 일이 순조롭게 진행되었을 것이다.

"쿤타, 내 친우여. 이것은 반란이 분명하다. 그로라가 너에게 뒤처지니 마족과 결탁하여 대족장이 되려하고 있는 것이다."

"그, 그래! 반란이다! 그로라가 반란을 일으킨 것이다! 나를 시기해서 말이야!"

쿤타는 그렇게 외치며 대족장이 있는 중앙에 있는 궁으로 향했다. 궁궐이라는 이름이 붙어 있는 곳답게 그럭저럭 괜찮았다. 거인족이 아닌 다른 종족들이 노예가 되어 일하고 있었는데, 궁궐은 그들의 노동력과 기술로 만든 것이 분명했다.

중앙 궁 앞에 도착하자 대족장의 전사들이 쿤타를 막았다.

"위대한 태양이시여! 제가 왔습니다!"

쿤타가 외치자 대족장의 목소리가 들려왔다. 그러자 전사들이 비켜주었다. 신성이 들어가는 것을 막으려 했지만 쿤타가 신성을 자신의 전사라고 말하자 막지 않았다.

신성은 창을 내려놓고 안으로 들어갔다.

'대족장……'

대족장이 화려한 의자 위에 간신히 앉아 있었다.

몸이 대단히 컸다.

일반적인 거인족으로 보이지 않았다.

대족장 주변에 거인족 전사 중 가장 뛰어난 전사만이 얻을 수 있는 칭호인 대전사라 불리는 이들이 있음에도 전혀 눈에 들어오지 않을 만큼 대족장의 존재감은 대단했다.

355Lv

[B+]거인족 대족장 아르칸(중형)(보스)

성별 : 남자

상태 : 중독, 노쇠

성향 : 극악(악에 물든 자)

신앙 : ―

호감도 : 0%

거인족의 통치자.

거인족에게 영광의 시대를 가지고 온 자이다.

모든 것을 빼앗았고 모두를 죽였다.

어비스의 수많은 몬스터 부족들을 전멸시켰고 그 위에 거인족의 땅을 세웠다.

누군가의 수작 때문에 독에 중독되어 지혜를 상실했다.

대족장 아르칸은 어비스의 거대한 악마라 불렸으나 지금은 늙고 병들어 죽을 날만 기다리고 있는 처지이다.

다른 첩에서 태어난 자식들과는 달리 정실에게서 태어난 쿤타를 아끼고 있지만 거인족의 율법에 따라 지켜보는 중이다.

신성의 눈동자가 커졌다. 대족장의 몸에 휩싸인 검은 그림자를 볼 수 있었기 때문이다. 마치 악령처럼 보이는 그것은 대족장의 영혼을 갉아먹고 있었다.

다른 이들의 눈에는 보이지 않는 듯했다.

'악업이군.'

악신인 신성은 그것이 악업임을 눈치챘다. 대족장이 쌓아올린 수많은 악업이 그의 영혼을 타락시키고 있었다.

악신의 랭크가 오르면서 생겨난 권능이었다.

자세히 집중해서 본다면 작은 악업이라도 찾아낼 수 있을 것 같았다.

[악업을 회수하여 사악한 영혼에 벌을 내릴 수 있습니다. 회수한 악업은 경험치로 사용됩니다.]

*지하 감옥을 응용하여 벌을 내릴 수 있습니다. 악신의 성이 있다면 더욱 효과적으로 고문할 수 있습니다.

*악에 물든 자의 고통은 악신에게 큰 힘이 되어줍니다. 실시간으로 경험치를 획득할 수 있습니다. 고통이 클수록 획득할 수 있는 경험치의 양은 증가합니다.

쿤타는 아르칸을 바라보며 호소하기 시작했다.

"위대한 태양이시여! 그동안 무슨 일이 있었는지 들어주십시오!"

"말하라."

쿤타는 지금까지 있었던 일들을 말하기 시작했다.

쿤타의 말이 끝나고 증거로 마족의 물품을 아르칸에게 내밀었다.

일라칸이 그로라에게 점령당했고 근방의 협곡에서 그런 일이 발생했으니 그로라가 한 짓으로 해석할 수 있었다.

게다가 일라칸에서 벌어진 전투는 많은 이들이 목격했다.

그러한 암습은 후계 다툼의 권한을 넘어선 일이었다.

쿤타의 입에서 반란이라는 말이 나오는 순간 대족장의 얼굴이 구겨졌다.

그러다가 기침을 하더니 피를 토했다.

"쿨럭!"

신성은 드래곤의 눈으로 대전사들을 바라보았다.

대전사들의 정보를 보니 그로라에게 포섭된 자가 존재했다. 악행을 살펴보니 대족장의 음식에 독을 탄 것을 알 수 있었다.

'범인은 그로라……'

그로라도 비록 정당한 후계 싸움을 하고는 있지만 자신에게 미래가 없음을 알고 있었다. 대족장은 쿤타를 대단히 편애하니 말이다.

어떤 식으로든 수작을 부릴 가능성이 컸다. 그것을 막기 위한 그로라의 수법 역시 탁월했다.

포섭과 독살이었다.

어떤 식으로 상대를 포섭했는지는 모르지만 상당히 수완이 뛰어나 보였다.

'완전 막장 가족이네.'

아름다운 미래를 꿈꾸는 루나와 신성과는 상반된 가족이었다.

"전사들을 내어주겠다! 그로라! 그로라를 데려와라! 내 이번 일을 자세히 파악할 것이다!"

대족장이 그렇게 외쳤다.

그로라는 마족과의 협상을 위해 나가 있는 상태였다.

잘만 하면 깽판을 쳐서 분위기를 반전시킬 수 있을 것 같
았다.

"위대한 태양이시여. 그 일은 저에게 맡겨주십시오!"

대전사가 나서며 말했다. 그로라에게 포섭된 대전사였다.
그에게 병력을 준다면 대단한 사태가 일어날 것이다. 신성이
쿤타를 바라보자 쿤타는 허겁지겁 입을 떼었다.

"그 일은 저의 친우! 룬에게 어울립니다!"

"가달락을 맨손으로 때려잡은 전사… 맞는가?"

신성이 대족장의 말에 고개를 끄덕였다. 예의가 없는 모습
이었지만 대족장은 오히려 그 모습이 마음에 들어 했다. 과거
의 자신을 보는 것 같았기 때문이다. 게다가 유일한 아들을
지켜주었기에 전혀 흠으로 보이지 않았다.

"하지만 위대한 태양이시여! 근본도 없는 사냥꾼을 따를 전
사들이 어디 있겠습니까?"

대전사의 말에 신성은 피식 웃었다.

그 웃음을 본 대족장은 쿤타를 바라보았다. 아들에게 좋은
전사가 붙었으니 기회를 주고 싶었다.

"쿨럭! 크으… 그럼 명예로운 방식으로 증명해 보이면 되겠
군. 전사들을 소집하라!"

대족장의 말이 울려 퍼지자 쿤타는 히죽 웃으며 신성을 바
라보았다.

"룬! 대전사가 될 절호의 기회다! 놓치지 마라!"

"맡겨둬."

"기왕이면 사내구실을 못 하게 만들어다오. 저놈들은 어렸을 때부터 은근히 날 괴롭혔다."

신성은 씨익 웃었다.

이번에는 쿤타의 말을 따라보고 싶었다.

CHAPTER 4
불꽃의 대전사II

명예의 증명은 대전사가 될 자격이 있는지 시험해 보는 영광스러운 자리였다. 명예의 증명을 하기 위해서는 자격이 필요했다. 대족장이 인정할 만한 업적을 세운 자, 그리고 정예 전사 중에서도 손꼽히는 전사와의 결투에서 승리한 자만이 명예의 증명에 오를 수 있는 자격이 생기는 것이다.

신성은 쿤타를 구한 업적이 있었고 가달락을 손쉽게 이겼으니 모든 조건이 부합했다. 게다가 대족장이 직접 명령했으니 따질 자들은 존재하지 않았다.

명예의 증명은 대전사들과 일대일 대결을 벌이는 방식이었다. 대전사들을 모두 돌아가며 상대해서 대전사에 부합한지 판가름하는 것이다.

대족장의 명령으로 전사들이 소집되었다. 전사들의 앞에서 명예로운 전투를 치를 것이다.

궁궐 앞에 있는 경기장 주위로 전사들이 둥그렇게 모였다. 수만에 달하는 거인족 전사들이 모여 있는 광경은 대단히 웅장했다.

경기장의 양쪽에는 쿤타의 전사들과 그로라의 전사들로 나누어져 있었다. 대부분은 대족장의 전사들이었지만 경기장 가까이에 앉아 있는 것은 두 진영이었다.

쿤타는 신성의 어깨를 두드렸다. 신성은 아무렇지도 않은 표정이었지만 오히려 쿤타가 긴장하고 있었다. 대족장도 힘겹게 몸을 이끌고 나와 지켜보고 있었다.

여기서 신성이 대전사가 된다면 쿤타의 입지는 확고해질 것이다.

대전사가 경기장 안으로 들어왔다. 그는 대족장의 대전사였지만 실제로는 그로라의 사람이었다. 그로라에 대한 호감도와 충성심이 대단히 높은 것을 보니 특수한 방법을 써서 그를 포섭한 것 같았다. 그것이 유혹이든 뭐든 간에 말이다.

어쨌든 질이 좋지 않은 놈이었다. 겉으로는 명예로운 전사인 척하고 있었지만 대전사라는 지위를 이용해 꽤 많은 악행을 쌓아왔다.

드래곤의 눈으로 대전사의 주변을 바라보았다. 검은 악업이 보이며 원한을 가진 영혼이 붙어 있는 것이 보였다.

'확실히 손봐줘야겠군.'

신성은 그렇게 생각하며 작은 미소를 지었다.

대전사가 손을 들자 거인족 전사들이 환호하며 그의 이름을 연호했다.

"케토! 케토!"

"대전사 케토! 없애 버려!"

신성은 피식 웃으며 여유 있게 경기장에 들어섰다.

케토는 신성을 보며 눈빛을 강렬하게 빛내더니 비릿한 웃음을 머금었다. 신성을 가리키더니 목을 긋는 제스처를 취했다. 그러고는 경기장 안에 있는 무기 진열대에서 커다란 대검을 꺼내 들었다.

신성은 무기 진열대를 바라보다가 그냥 지나쳤다. 그러자 케토의 얼굴이 일그러졌다.

신성은 피식 웃으며 입을 떼었다.

"쥐새끼를 잡는데 무기를 들 필요는 없지."

신성이 그렇게 말하자 주변이 순식간에 조용해졌다.

케토의 얼굴은 잔뜩 일그러져 펴지지 않았다. 하지만 대전사라는 칭호를 거저 얻은 것이 아닌지 마음의 평정을 다시 찾았다.

신성을 죽이겠다는 의지가 느껴졌다. 결투 안에서는 상대를 죽이든 살리든 그것은 승리자의 마음이었다.

"처참하게 죽여주마!"

케토가 신성을 노려보며 말했다.

대족장이 손을 들자 전투가 시작되었다. 케토가 거대한 대검을 가볍게 들며 신성을 겨누었다. 대검에서 마력이 흘러나오더니 오러가 맺혔다.

가달락과는 비교할 수 없을 정도로 강력해 보였다.

'빨리 끝내야겠어.'

앞으로 일을 편하게 하기 위해서는 그것이 좋을 것 같았다.

신성은 느긋하게 앞으로 걸어나갔다. 케토 따위는 안중에도 없다는 듯한 태도였다. 케토가 분노를 일으키며 신성에게 달려들었다. 거대한 대검이 휘둘러지며 주변의 먼지가 회오리치며 휘날렸다.

단순한 검법이었지만 대단히 위협적이었다.

마치 보스 몬스터를 눈앞에 두고 있는 것 같았다.

신성이 드래곤이 아니었다면 꽤 좋은 대결이 되었을 것이다. 거대한 검이 신성의 몸을 베려는 순간이었다.

타앙!

신성의 손이 오러가 맺힌 검을 잡았다. 오러가 마력 스킨을 뚫으려는 순간이었다.

[멈춰라.]

용언이 발동되었다. 작게 말해 누구도 들을 수 없었다.

케토가 놀라 검을 빼려고 했지만 검은 꼼짝도 하지 않았다. 케토는 당황하며 움찔거렸다.

케토는 강했다. 그러나 용언을 당해낼 정신력을 지니고 있지는 않았다.

"무, 무슨……."

더 이상 말을 이을 수 없었다.

신성의 주먹에서 불길이 터져 나왔다. 화려하게 타오르는 불길은 케토에게 두려움을 심어주었다. 케토의 눈이 크게 떠지는 순간이었다.

콰앙!

신성의 주먹이 그의 안면을 강타했다. 코와 이빨이 단번에 작살나며 그의 몸이 바닥에 꽂혔다.

"끄, 끄윽……!"

케토가 신음을 흘리며 몸을 꿈틀거렸다. 얼굴을 부여잡고 간신히 일어나 뒤로 주춤 물러났다.

이미 대검은 바닥에 굴러다니고 있었다.

"하, 항……."

케토가 항복을 하려는 순간 신성의 주먹이 뻗어갔다.

대전사답게 내구력은 뛰어났다. 신성이 있는 힘껏 쳤음에도
버텨내고 있었다.

'손맛이 좋군.'

퍽퍽퍽!

무자비한 구타가 이어졌다. 타격음이 터져 나갈 때마다 주
변의 전사들이 움찔거렸다.

신성이 놈의 사타구니를 발로 차버리는 순간 주변 전사들
이 비명을 지르며 손을 불끈 쥐었다.

"끄아아악!"

케토가 비명을 질렀다. 흐느적거리며 바닥을 기어 신성에게
서 벗어나려 애썼다. 명예로운 대전사의 모습은 찾아볼 수 없
었다.

"다음."

압도적인 모습에 케토의 뒤에서 대기하고 있던 대전사가 몸
을 움찔 떨었다. 케토가 워낙 처참하게 당해 도저히 상대할
엄두가 나지 않았다.

모두가 대전사를 주목했다. 애써 기합을 넣으며 신성에게
달려들었지만 결과는 정해져 있었다. 아무리 뛰어난 기술을
지니고 있어도 용언 앞에서는 무력했다. 드래곤 하트의 마력
이 꽤 소모되었지만 전혀 문제가 되지 않았다.

신성의 주먹은 가차 없었다. 잔혹하게 대전사를 패는 모습

은 이곳에 있는 모두에게 두려움을 심어주기에 충분했다.

"그만."

보다 못한 대족장이 손을 들자 신성은 주먹질을 멈췄다.

대족장이 신성을 대전사로 인정하는 순간 쿤타의 진영 쪽에서 환호가 터져 나왔다. 반면 그로라 쪽은 초상집 분위기였다.

쿤타가 함박웃음을 머금으며 경기장 안으로 뛰어 들어왔다. 신성에게 어깨동무를 한 다음 그의 손을 들어올렸다.

"하하하! 어떠냐! 이것이 바로 나의 대전사다!"

전사들이 모두 손뼉을 치며 새로운 영웅을 맞이했다.

그로라에게 포섭되었던 대전사는 부상이 심각해 당분간 전선에서 이탈할 수밖에 없었다. 부상이 회복된다고 해도 사내 구실을 할 수 있을지 의문이었다.

거인족의 문명 수준에서 제대로 된 의사가 있을 리 없었고 의사라고 하더라도 드루이드라 불리는 주술사가 전부였다. 그저 상처 부위에 끓인 흙을 바르거나 주술의 힘이 깃든 칼날로 지져 버리는 것이 전부였다. 아마 출혈을 멎게 하기 위해 그러한 수단을 취할 가능성이 컸다.

'신이시여.'

'감사합니다.'

신성의 눈에 대전사에게 강간당하고 살해당했던 여인들의

영혼이 웃으며 하늘 위로 올라가는 것이 보였다. 루나가 이곳에 있으니 루나가 그녀들의 억울한 마음을 달래줄 것이다.

[거인족이 신이 있음을 알아차렸습니다.]
[일반 거인족 사이에서 종교가 발생할 가능성이 있습니다.]

그럭저럭 후련한 마음이 든 신성이었다.
대족장은 신성을 따로 중앙 궁으로 불렀다.
신성은 대족장과 일대일 면담을 할 수 있게 되었다.
"쿨럭, 대단한 실력이더군. 너에게 이번 일의 지휘권을 주겠다. 그로라를 데려오도록."

[거인족 전사의 임시 지휘관이 되었습니다.]

*대족장 병력 중 5만을 지휘할 수 있습니다.
*거인족의 특성상 병력의 지휘관은 획득 경험치의 70%를 갖습니다.

대족장은 한시름 덜었다는 표정으로 신성을 바라보았다.
신성은 대족장에게로 손을 뻗었다. 그 순간 대족장의 몸이 부르르 떨렸다.

[대족장의 악업을 획득하였습니다.]

[대족장이 죽음을 맞이할 경우 그의 영혼은 자동으로 지하 감옥으로 전송됩니다.]

[대족장이 죄를 뉘우친다면 순도 높은 영혼석을 획득할 수 있습니다. 순도 높은 영혼석은 다량의 영혼력을 보유하고 있습니다.]

*조언

1. 다양한 고문 시설을 갖춰 대족장을 괴롭혀 주자.

2. 마족 트리시가 이 일의 적임자다! 그녀는 대단한 고문 특화 기술을 보유한 상태이다.

대족장이 괴로운 듯 목을 부여잡으며 기침을 내뱉었다.

영혼이 빨려 나가는 듯한 감각은 그에게 엄청난 고통을 선사해주었다. 몸이 너무 약해져 비명조차 지르지 못하며 꿈틀거리는 모습을 보면 누구도 그를 위대한 태양이라 칭하지 못할 것이다.

'그러게 착하게 살아야지.'

드래곤이면서 악신인 그가 할 말은 아니었다.

신성은 그런 대족장을 놔두고 아무 말 없이 궁궐 밖으로 나왔다.

쿤타가 신성에게 대전사들만이 착용할 수 있는 갑옷과 무기를 직접 가지고 왔다. 아름다운 시녀들이 다가와 신성에게 갑옷을 입혀주었다. 쿤타는 자기가 갑옷을 입은 것처럼 만족하며 크게 웃었다.

눈엣가시 같았던 대전사들이 박살 나자 쿤타의 기분은 하늘을 찌르고 있었다.

"멋지구나! 대전사 룬이여!"

"음, 나름 괜찮군."

"하하하! 내가 대족장이 되면 자네는 총사령관이 될 것이야!"

쿤타는 신성에게 잘 보이려 애쓰고 있었다.

"내 친우여! 자네에게 가장 빠른 말을 주겠네! 내 애마인데 자네에게 더 필요할 것 같군!"

"받도록 하지."

"하하하! 좋아! 그로라를 꼭 산 채로 데려오게나. 그년이 비명을 지르는 꼴을 꼭 보고 싶거든."

쿤타의 얼굴이 사악함으로 물들었다.

대족장이 그로라에게 진상을 캐물을 경우 상황이 반전될 우려가 있었으나 안타깝게도 대족장은 지금 급속도로 죽어가고 있었다. 그나마 남아 있던 생명력이 악업과 함께 신성에게 빨려 들어오고 있었기 때문이다.

호칸의 앞에는 신성이 지휘할 수 있는 전사들이 모여 있었다. 모두 기병대였는데 그들이 타고 있는 말은 거인족이 탈 수 있을 정도로 거대했다.

'대단하군. 이 정도 병력이라면……'

거인족이 어째서 어비스의 강자로 군림하고 있는지 알 수 있는 대목이었다. 신성은 쿤타가 끌고 온 말에 올랐다. 사나운 말이었지만 신성이 올라타자 얌전해졌다.

"내가 지휘관이다. 불만이 있는 자는 나오도록."

쥐 죽은 듯이 조용했다. 이들 대부분이 대전사가 처참하게 깨지는 것을 지켜봤기 때문이다.

신성은 부드러운 미소를 지으며 말을 몰았다. 신성의 뒤로 5만의 거인족이 뒤따라오기 시작했다.

그로라가 있는 곳은 이미 들어 알고 있었다. 거인족과 마족의 대치가 가장 격렬한 곳이었다.

신성은 병력을 빠르게 이끌었다. 엄청난 힘을 지닌 대전사가 자신들과 함께한다고 하니 그들의 자부심은 폭발하기 직전이었다.

"대전사시여! 이 길로 가면 트롤의 서식지가 나옵니다."

신성의 옆에 붙은 노련한 전사가 그렇게 말했다.

'레벨을 좀 올리고 갈까? 트롤이라면 경험치가 높기로 유명

하니 말이야.'

이 정도 병력이라면 트롤 정도는 가볍게 쓸어버릴 수 있을 것 같았다.

레벨 업 셔틀이 바로 곁에 있었다. 신성의 입가에 미소가 걸렸다.

"모두 쓸어버리고 간다."

신성이 그렇게 말하며 화려한 대전사의 검을 치켜들자 우레와 같은 함성이 터져 나왔다.

*　　　*　　　*

그로라는 뛰어난 여인이었다. 여자의 몸으로 대전사에 필적하는 무위를 쌓았고 또 드루이드로서의 재능 역시 천재적이었다. 게다가 협상의 달인이기도 했다. 그녀가 지닌 특수한 능력은 사람을 매료시키는 힘을 지니고 있었다. 그것은 그녀가 어비스의 중심에서 얻은 능력이었다.

그 능력이 그녀를 지금 이 자리에 있게 만들었다.

그로라는 거인족의 한계를 잘 알고 있었다. 어비스에 겨울이 올 때마다 많은 거인족이 굶어 죽었고 봄이 되어서야 약탈로 다시 연명할 수 있었기 때문이다. 몰락의 조짐은 이미 나타났다.

'그 대재앙⋯⋯.'

서부 초원에 내린 대재앙은 그 시초였다. 그 여파로 그나마 하고 있던 농사를 모두 망치게 되었다. 가축들도 죽어버려 손 쓸 방법이 없었다.

이런 상태에서 전쟁을 할 수는 없었다. 멍청한 쿤타는 계속해서 전쟁을 일으키려 했다. 그것은 자멸의 길이었다.

'빨리 수습하고 대족장이 되어야겠어. 쿤타는⋯ 먼 곳에 영지를 주고 떠나보내면 되겠지.'

그래도 같이 자란 남매였다. 거인족답지 않게 정이란 것이 조금은 남아 있었다.

그로라는 정예 병력들과 함께 마족들과 회담 장소에 있었다. 거인족의 영역이었는데 마족의 고위 인사들이 직접 그로라와 협상을 하기 위해 와 있는 상태였다.

마족은 거인족보다 훨씬 작았으나 거인족에 뒤처지지 않는 무력을 지니고 있었다. 그로라는 마족을 보는 순간 그것을 알 수 있었다.

거인족과 마족들이 서로 마주 보고 있었다. 그로라의 휘하에 있는 수백의 정예 전사와 그와 상응하는 중급 마족들이 서로 마주 보고 기 싸움을 벌이고 있었다.

마족들 중에서 가장 긴 뿔을 지닌 마족이 앞으로 나오며 웃는 낯으로 그로라를 바라보았다. 그는 고위 마족이었다. 전투에 적합하지 않은 화려한 의복을 입고 있었지만, 누구도 그를 얕보지 않았다.

무시무시한 마력이 느껴졌기 때문이다.

"이번에 새로 승격하신 마왕께서는 이번 협력을 매우 흡족하게 생각하고 계십니다."

"그렇군. 지배자가 바뀐 것인가?"

"사소한 일이 있었지요."

그로라는 날카로운 눈으로 고위 마족을 바라보았다.

"네놈들이 죽인 거인족의 숫자는 상당히 많다. 어떻게 생각하나?"

"반성하고 있습니다. 저희가 먼저 침략했으니 할 말이 없지요. 그래서……."

"그래서?"

고위 마족이 손가락을 튕기자 마족들이 이동식 감옥을 들고 왔다. 두꺼운 철창이 달려 있었는데 그 안에 포박되어 있는 여인이 있었다. 뿔이 모두 잘려 있었고 두 눈 뿐만 아니라 힘줄과 성대마저 제거되어 있었다.

움직이기는커녕 앉아 있는 것조차 힘겨워 보였다.

"침략을 지시했던 자입니다."

"…네놈들의 지휘관 아니었나?"

"이제는 노예일 뿐입니다. 화해의 증표로 이 노예를 드리겠

습니다. 그리고 저 노예들도 모두 드리도록 하지요. 꽤 쓸 만
한 일꾼일 겁니다. 손 기술이 좋거든요."

그로라의 눈이 찌푸려졌다. 먼저 침략을 받은 자신들의 입
장을 이용하면 커다란 이득을 취할 수 있었지만 저들이 설마
자신들의 지휘관을 노예로 만들어 가지고 올 줄은 몰랐다.

저렇게 확실히 책임을 진 태도를 보이니 할 말이 없었다.

"좋다. 협상을 진행하도록 하지."

"탁월하신 선택입니다."

"길을 터주는 것은 어렵지 않다. 그러나 목적을 알고 싶군.
겨우 그 정도의 일로 이만한 대가를 지급하겠다니 말이야."

"이곳보다 흥미를 끄는 다른 곳이 있다고만 말씀드리지요."

그로라의 눈빛이 날카로워졌다. 그로라는 마족이란 족속을
믿지 않았다.

'마족들과 큰 전쟁을 벌이면… 이번 겨울은 버텨낼 수 없
어. 지금은 시간을 벌어야 해.'

거인족과는 달리 마족은 저들의 고향으로부터 물자 지원을
받고 있었다. 전쟁이 길어질수록 불리한 것은 거인족이었다.

마족들이 제공하겠다는 마정석들이라면 충분히 비료로 사
용하여 식량을 확보할 수 있었다. 게다가 값비싼 비단이나 사
치품도 상당히 얻을 수 있으니 전사들의 불만을 잠재울 수 있
을 것이다.

"노예들 중에 비단을 만들 수 있는 노예도 포함되어 있습니다. 이 정도라면 어떻습니까?"

"좋다. 협곡 쪽의 병력을 뒤로 무르도록 하지. 단, 수상한 낌새를 보인다면 바로 봉쇄하겠다."

"하하 마왕께서 크게 기뻐하실 것입니다! 오늘은 마족과 거인족이 화합을 이룬 역사적인 날이니 술이라도 한잔하시는 것이 어떻겠습니까?"

고위 마족이 그렇게 말하며 간사한 웃음을 짓는 순간이었다. 거대한 창이 고위 마족의 뺨을 스치고 지나갔다.

"커억!"

창이 뒤에 있던 마족 하나의 가슴을 뚫고 지나갔다. 그로라를 포함한 거인족도 놀라 무기를 꺼내 들었다. 마족들도 마찬가지였다.

"우아아아아!"

"마족들을 죽여라!"

"죽이자!"

함성이 울려 퍼졌다.

*　　　*　　　*

신성과 거인족 전사들은 쉬지 않고 달렸다. 거대한 말의 근육은 돌덩이처럼 단단했고 지구력 역시 대단했다. 말이라기보다는 몬스터에 가까웠다.

신성은 마치 전차 부대를 이끄는 듯한 느낌이 들었다.

트롤 부락이 보였지만 신성과 전사들은 멈추지 않았다. 마치 성난 들소 떼처럼 달려 모든 것을 깔아 뭉개 버렸다. 트롤이 거대한 방망이를 들고 반항하려 했지만 거인족 전사들이 검을 휘두르자 몸통이 그대로 두 조각나 버렸다.

말에 밟힌 트롤은 처참한 몰골로 죽어갔다.

'레벨이 쑥쑥 오르는군.'

지휘관이 경험치의 70%를 가져가니 레벨이 빠르게 오르고 있었다. 트롤의 부락뿐만 다른 몬스터의 부락들도 전멸시켰고 대형 몬스터가 보이는 즉시 잡아버렸다.

신성은 능숙하게 거인족들의 마음을 얻었다.

엄청난 무위를 보여주었고 몬스터 사냥으로 식량도 보충해 주니 전사들의 사기는 떨어지지 않았다. 게다가 가장 활약이 많은 이에게 드롭된 아이템을 주는 등, 두둑한 보상까지 해주었다. 임시 지휘관이지만 이미 전사들은 신성을 총사령관처럼 대우해 주고 있었다.

"하하! 트롤 놈들이 모두 사라졌군요."

"매년 겨울만 되면 거인족 백성들을 납치해 잡아먹는 녀석들이었습니다."

전사들이 그렇게 떠들었다.

이렇게 손쉽게 박살 낼 수 있음에도 가만히 있었던 것은 역시 거인족 백성 따위는 전혀 생각하지 않는 대족장이 있었기 때문이었다. 쿤타가 대족장이 된다면 더더욱 그러할 것 같았다.

신성은 레벨이 쭉쭉 오르니 이대로 계속 사냥을 하고 싶었지만 어쨌든 그로라와 마족의 협상에서 깽판을 쳐야 했기에 서두르기 시작했다.

어비스는 광활하고 아름다웠다.

오랜 시간 동안 달리면서 본 것은 환상적인 경치였다. 지구에서는 볼 수 없을 그런 광경을 루나와 그리고 태어날 아이에게도 보여주고 싶었다.

거인족의 영지 끝에 이르자 드래곤의 눈에 마족들의 모습이 포착되었다.

'드디어 만나게 되는군.'

포로를 제외하고 마족과 직접 만나는 것은 이번이 처음이었다.

드래곤 하트가 요동치며 살기가 솟구쳤다. 신성의 주변에 있던 전사들이 침을 꿀꺽 삼키며 표정을 굳혔다. 거인족의 정예 전사가 겁에 질릴 만큼 신성의 살기는 어마어마했다.

상당히 멀리 떨어져 있었지만 드래곤의 눈으로 뚜렷하게 보였다. 신성이 손을 옆으로 뻗자 옆에 있던 정예 전사가 창을 건네주었다.

신성은 드래곤 하트에서 마력이 뿜어져 나오는 순간 창을 힘껏 던졌다. 포물선을 그리며 날아간 창이 정확하게 마족의 가슴을 뚫고 지나갔다. 꽤 높은 지위인 것처럼 보이는 마족을 노린 것은 아니었다.

그런 마족은 사로잡는 편이 훨씬 나았다. 뽑아낼 것이 아주 많았기 때문이다.

"명중입니다!"

"여기서는 잘 보이지도 않는데 역시 대단하십니다!"

정예 전사가 감탄하며 웃었다. 당황한 마족들이 보였다. 수백이 넘어갔지만, 신성이 끌고 온 5만의 정예 전사들에 비한다면 너무나 초라했다.

"진격!"

신성의 명령이 떨어졌다. 각 전사 부대를 이끄는 정예 전사들이 검을 치켜들자 우레와 같은 함성이 터져 나왔다.

대지를 울리는 함성은 마족들의 혼을 빼놓을 만했다.

그로라로 보이는 여인이 무기를 들고 있는 것이 보였다. 금발을 뒤로 묶은 벽안의 여인이었는데 상당히 아름다웠다. 위장으로 얼굴을 가리고 있었지만, 미모를 전부 가릴 수는 없었다. 건강미 넘치는 몸매는 무척이나 탄탄해 보였다. 아마 대단한 힘을 지녔을 것이다.

신성은 드래곤의 눈으로 그녀를 자세히 바라보았다. 그녀의 정보가 보이기 시작했다.

301Lv

[C+]그로라(보스)

종족 : 거인족

신앙 : 루나

성별 : 여자

호감도 : 0%

성향 : 브론즈, 선

대족장의 첩에게서 태어난 딸.

무능한 형제들과는 달리 다양한 분야에서 천재성을 발휘하고 있다. 어비스의 중심에서 드루이드로서 각성하여 희귀한 능력을 획득한 이후, 대족장의 후계 다툼에 뛰어들게 되었다. 가장 대족장으로 어울리는 여인이나 대족장은 그녀를 대족장으로 인정하지 않을 것이다.

대족장의 음식에 독을 탈 만큼 과감하나, 의외로 정에 약한 면모를 보이기도 한다. 현재 그녀는 거인족의 미래를 위해서는 혁명이 필요한 시점이라 생각하고 있다.

최근 나타난 루나의 달을 보고 빈 소원이 이루어지자 루나의 존재를 알게 되었고 루나를 신으로 모시는 중이다.

그로라를 귀여워한 루나가 가끔 꿈속에서 상담을 해주었기에 그녀가 습득한 깨어 있는 지식은 대부분 루나의 영향을 받았다.

신성은 길게 한숨을 내쉬었다. 그로라는 대단한 인재였다. 솔직히 살려놓는다면 앞으로의 계획에 있어 걸림돌이 될 가능성이 컸다. 그러나 루나를 믿고 있고 루나와 상담까지 했다고 하니 고민이 되었다.

'계획을 조금 변경해야겠네. 흡수할 수 있는 부분은 흡수해야겠어.'

설마 거인족 중에 루나의 신도가 있을 줄은 예상치 못한 신성이었다.

신성은 전사들을 이끌고 진격했다. 먼지 구름이 일어나며 진동이 땅을 울렸다.

마족들을 짓밟으며 학살이 시작되었다.

마족들은 반항했지만, 거인족 전사들의 숫자가 너무나 많았다. 게다가 신성이 검을 한 번 휘두를 때마다 불꽃의 오러가 뿜어져 나가며 마족들을 태워 버렸다.

신성은 그야말로 전쟁의 화신이었다.

"포위하라!"

신성의 명령이 떨어지자 일사불란하게 전사들이 움직였다. 이곳까지 오면서 많은 전투를 했기에 명령 체계는 확실하게 잡혀 있었다. 게다가 신성에 대한 충성심마저 대족장에 근접할 정도이니 명령을 내리는 즉시 빠르게 움직였다.

"끄, 끄아악!"

"도, 도망… 커헉!"

도망치려는 마족들의 몸을 거대한 말의 발이 밟아버렸다.

5만의 전사들이 주변을 둥글게 포위했다. 마족들과 그로라와 그의 부하들은 꼼짝하지 못했다.

신성은 말에서 내려 그로라의 앞으로 다가갔다. 그로라는 신성에게 검을 겨누었다.

"네놈은 누구인가! 어째서 대족장의 전사들을 이끌고 온 거지? 어째서 이런 짓을 벌이는 것이냐!"

"반역죄인 그로라, 호칸으로 압송하겠다."

"무, 무슨…!"

신성과 그로라가 눈을 맞추었다. 그로라는 도저히 이 상황을 이해할 수 없었다.

처음 보는 사내가 대족장의 전사들을 이끌고 이 자리에 있는 것 자체가 의문이었다.

'반역죄… 설마 독이 들켰나? 그럴 리 없을 텐데……!'

그로라의 옆에 있던 정예 전사가 신성에게 무기를 겨누며 달려들었다. 신성을 사로잡는다면 어떻게든 탈출할 구멍을 만들 수 있을 것 같았기 때문이었다.

그러나 신성이 주먹이 훨씬 빨랐다. 무기를 그대로 박살 내고 정예 전사의 얼굴에 꽂혔다. 정예 전사는 뒤로 날아가며 마족들 사이에 떨어졌다.

그로라의 곁에 있던 모든 전사가 신성에게 달려드려 했다. 그러나 그로라가 손을 들자 모두 멈추었다.

그로라는 그것이 자살행위라는 알고 있었다. 눈앞에 사내는 그렇다 치더라도 저 전사들을 모두 당해낼 수 없었다. 반항했다가 몰살을 당할 우려가 있었다.

일단 숨죽이고 기회를 포착하는 것이 좋을 것 같았다.

"항복… 하겠다."

"죄인들을 포박하라."

그로라가 무기를 내려놓자 신성의 정예 전사들이 다가와 튼튼한 쇠사슬로 그로라와 그녀의 부하들을 묶었다. 신성은 고개를 돌려 마족을 바라보았다.

'고위 마족이군.'

레벨 280에 이르는 고위 마족이었다. 신성의 시선을 받자 고위 마족은 식은땀을 흘리며 주춤거렸다.

"이, 이게 무슨 짓이냐? 혀, 협상을 깨는 것인가! 마, 마계에서 가만히 있지 않을 것이다! 너, 너희는 모두 죽은 목숨이야!"

신성은 그렇게 외치는 고위 마족에게 다가갔다.

화르륵!

신성의 주위로 불꽃이 터져 나갔다. 순도 높은 마력을 태우며 이글거리는 불꽃은 마치 태양과도 같았다. 그것을 본 그로라와 부하들의 표정이 경악으로 물들었다.

"태양…의 대전사."

"그, 그럴 수가!"

거인족 전설에 나오는 태양의 대전사와 흡사한 모습이었다. 신성의 몸은 불길로 휩싸여 있었다. 고위 마족은 침을 꿀꺽 삼키며 신성을 바라보았다.

"주, 죽어라!"

마족의 주변에서 탁한 보랏빛을 내뿜는 화살들이 떠올랐다.

암흑 계열 마법이었는데 상당히 위력적으로 보였다. 과연 고위 마족다운 마법이었다.

하지만 신성이 웃었다. 악신인 자신에게 암흑 마법을 쓰는 모습이 너무나 우스웠기 때문이었다.

악신이 되면서 암흑 마법은 신성 고유의 마법이 되어 있었다.

휘이이익!

신성에게 뻗어오던 화살들은 신성의 앞에서 멈추었다.

화살들이 마력으로 변해 신성에게 빨려 들어왔다. 그 모습에 고위 마족은 경악을 금치 못했다.

"무, 무슨……!"

마족은 수많은 마법을 캐스팅했지만, 신성이 손을 휘젓자 모두 지워졌다. 악신 그리고 드래곤을 암흑 마법으로 상대하는 것은 미련한 짓이었다.

콰앙!

신성의 주먹이 고위 마족의 몸에 작렬했다.

신장 차이 때문에 마치 다 큰 어른이 어린아이를 패는 것 같은 모습이었다.

거대한 주먹이 꽂혀 들어가자 불꽃이 터져 나가며 고위 마족의 몸이 마치 공처럼 튕겨 나갔다.

레벨이 높았지만, 마법사 계열이라 내구력이 낮은 모양이었다.

고위 마족은 몸을 부르르 떨다가 기절했다.

신성이 다른 마족들을 바라보았다.

마족들은 식은땀을 흘리며 무기를 내려놓았다. 마족들 중에는 꽤 중요해 보이는 놈들도 존재했다. 신성의 입가에 미소가 걸렸다.

'수확이 좋군.'

신성이 손짓하자 전사들이 다가와 마족을 마구 패기 시작했다.

"끄악!"

"아아악!"

마족의 비명이 울려 퍼지자 거인족 전사들은 모두 크게 웃으며 마족을 비웃었다. 초주검이 된 마족들을 묶어서 말끝에 매달았다.

꼴에 마족이니 그래도 죽지는 않을 것이다.

'노예들도 있었군. 저건⋯⋯.'

그로라에게 주기 위해 마족들이 데려온 노예 같았다. 노예는 모두 백 명이 넘어갔다.

철창에 갇혀 있었는데 유일하게 혼자 갇혀 있는 여인이 보였다.

상태가 심각했다.

금방이라도 죽을 것 같은 모습이었다.

'고문이라도 당했나?'

드래곤의 눈으로 바라보니 절단된 신체 기관을 꽤 많이 발견할 수 있었다.

두 눈, 혀, 성대, 사지의 힘줄 그리고 뿔.

고문을 했다기보다는 상대를 폐인으로 만들기 위한 행위로 보였다.

402Lv→0(무력화)

[-]마왕 릴리스(노예)

종족 : 마족

신앙 : ─

성별 : 여자

호감도 : 0%

성향 : 중용

마계 서열 13위의 마왕.

마계를 지배하는 20명의 마왕 중 하나이다. 지모를 겸비한 마왕으로 마족들의 생활을 한 단계 끌어올렸다는 평가를 받고 있다. 모종의 이유로 폐위된 상태이며 현재 노예 신분이다.

신성은 정보창을 확인하고 깜짝 놀랐다. 무려 마왕이 노예가 되어 눈앞에 있는 것이다. 아르케디아 온라인 설정에서는 401레벨의 무위라면 마왕 중에서도 그래도 중위권에 들 정도로 강자였다.

신성과 레벨 차이가 너무 났다.

정상적인 상태로 신성과 싸운다면 신성도 승리를 장담할 수 없었다.

마왕이란 존재는 그만큼 대단한 존재였다. 상위 종족 중에서도 최상위권에 드니 말이다.

그런 강자가 어비스에 나와 있다는 것도 놀랐고, 저런 처참한 꼴이 되었다는 것도 놀라웠다.

'현실화되었기 때문이겠지.'

이제 기존 아르케디아 설정으로 어비스의 정세를 판단하는 것은 힘들어 보였다.

'일단 살려놔야겠군.'

신성은 암흑 마력을 일으키며 릴리스에게 주입했다. 암흑 마력을 느끼자 릴리스가 고개를 들었다. 그러나 눈이 없어 아무것도 볼 수 없었다.

"호칸으로 귀환한다."

신성이 말하자 거인족들이 무기를 치켜들며 대지를 흔드는 외침을 내질렀다.

신성이 등을 돌리자 정보창 하나가 떠올랐다.

[대족장 아르칸의 영혼이 지하 감옥으로 전송되었습니다. 차원의 거리 때문에 하루의 시간이 소모됩니다.]

*트리시가 대단히 기뻐합니다.

*새로운 고문 키트를 사줘 그녀의 애정과 충성심을 높일 수 있습니다.

*대족장을 성공적으로 징벌한다면 트리시는 '고문의 트리시'

로 승격할 수 있습니다.

'대족장이 죽었군.'

이제 거인족의 대족장은 쿤타가 될 것이다.

일이 술술 풀려가자 신성은 미소를 지었다.

*   *   *

신성은 호칸으로 귀환했다.

호칸으로 귀환하자 그 소식을 들은 쿤타가 신성을 마중 나왔다. 쿤타는 대족장의 의복을 입고 대족장을 상징하는 검을 차고 있었다.

"하하하! 내 친우여! 왔는가!"

대족장이 죽자 쿤타는 그 자리를 빠르게 차지했다.

그로라의 부하들이 반대하며 나서기는 했지만 오히려 반역죄로 감옥에 갇히게 되었다. 대전사들이 대부분 요양 중이었고 신성이 뒤에 있었으니 쿤타를 막을 자는 없었다.

어차피 대족장도 쿤타에게 뒤를 잇게 할 생각이었으니 대전사들의 측근들은 대부분 수긍하고 있었다. 이제 그로라만 처리하면 쿤타는 완전히 대족장이 되는 것이었다.

쿤타는 신성에게 달려와 함박웃음을 지었다. 그러다가 포박되어 끌려온 그로라를 본 순간 비웃음을 터뜨렸다.

"하하하! 꼴좋구나!"

"쿤타… 대족장을 뵈어야겠다."

"대족장? 내가 대족장이다. 멍청한 년!"

쿤타가 그로라를 발로 차버렸다. 하지만 포박당해 있음에도 그로라는 뒤로 넘어지지 않았다. 화가 난 쿤타가 그로라에게 주먹질을 했다.

그로라는 이를 악물고 버텨냈다.

"쿤타. 나에게 주기로 약속한 것이 있지 않은가?"

"그, 그렇지. 그래."

신성이 그렇게 말하자 쿤타는 거친 숨을 내쉬며 진정했다. 쿤타는 신성에게 어깨동무를 하며 다시 웃음을 머금었다.

"룬! 너를 총사령관으로 임명하겠다! 영지와 노예들을 주도록 하지. 음, 아니, 그래도 부족해! 저 마족들도 다 네가 가져가라! 나에게는 필요 없으니 말이야! 하하하하!"

신성은 고개를 끄덕였다.

별다른 절차없이 사로잡은 마족들은 신성의 소유가 되었다.

"그로라, 아니, 저 반역자를 감옥에 가둬라! 쉽게 죽이지는 않을 것이다. 하하하하! 철저하게 능욕해 주마!"

쿤타의 웃음소리를 들은 그로라는 입술을 깨물며 쿤타를

노려보았다.

그녀가 반항하지 않고 있는 것은 아직 포기하지 않았기 때문이다.

신성은 그런 그녀의 태도에 살짝 웃었다가 다시 무표정으로 돌아왔다.

신성과 쿤타는 중앙궁으로 들어왔다.

중앙 궁에서는 쿤타의 직속 부하들이 자리 잡고 있었다. 쿤타가 들어오자 모두 무릎을 꿇었다.

"오늘은 기쁜 날이다! 하하"

"축하드립니다! 위대한 태양이시여!"

"거인족의 앞날은 영원히 밝을 것입니다!"

쿤타에게 아부를 하고 있었다.

분위기는 밝았다. 쿤타가 대족장의 왕좌에 앉았다.

"쿤타."

신성이 쿤타를 부르자 주변은 조용해졌다. 신성은 쿤타를 바라보며 입을 떼었다.

"이제 마족과의 전쟁을 준비해야 한다."

"그렇지. 망할 마족 놈들을 다 쓸어버려야지! 하하."

"무기와 식량은 충분한가?"

신성이 묻자 쿤타가 고개를 돌려 정예 전사 하나를 바라보았다. 정예 전사는 표정을 굳히며 입을 떼었다.

"그… 충분하지 않습니다. 무기도 부족하고… 보수도 안 되고 있습니다. 오, 오우거들이 사라져 보급은 힘들 것 같습니다. 그리고 농작물도 다 죽어서……."

"뭐야? 그동안 뭘 한 거야! 미련한 놈들!"

쿤타가 길길이 날뛰자 신성이 그를 진정시켰다.

"전사들이 무슨 잘못이 있겠나. 다 무능한 백성들 때문이지. 열심히 일하지 않으니 식량이 부족한 것이 아닌가. 다 노력을 하지 않아서 그렇다."

"그래, 맞는 말이다. 나 위대한 태양 쿤타가 이렇게 고생을 하는데 가축 같은 놈들! 노력을 전혀 안 해! 밥버러지 같으니!"

"그나저나 곤란하군. 이제 곧 마족들과의 전쟁이 시작될 터인데……."

신성의 말에 쿤타는 머리를 부여잡으며 고민하기 시작했다. 주변에 있는 쿤타의 직속 부하들도 마찬가지였다.

하지만 딱히 뚜렷한 대책이 없었다.

쿤타는 대족장의 자리에 오르는 것과 그로라를 잡는 것에만 정신이 팔려 있어 그 뒤는 생각하지 않았다. 뒤를 생각한 것은 오로지 그로라, 그녀뿐이었다.

"룬! 나의 친우여! 방법이 없겠는가?"

"음… 내가 아는 부족이 있다. 그들이 머무는 곳도 알고 있지. 그들은 식량과 무기를 아주 많이 보유하고 있더군."

"그럼 쳐들어가서……."

"그들의 숫자는 거인족보다 적으나 쉽게 토벌될 숫자가 아니야. 오우거 일족 전체를 노예로 부리고 있지."

"뭐? 그, 그 오우거들을 말인가!"

거인족도 정복하지 못한 것이 바로 오우거 일족이었다.

"도대체 어느 부족이지?"

"악신의 부족. 초원을 멸망시킨 악신을 알고 있는가?"

"초원을… 멸망시킨……."

쿤타가 침을 꿀꺽 삼켰다. 초원에서 일어난 일은 쿤타 역시 알고 있었다. 그것이 자연재해가 아니라 악신이라 불리는 신이 벌인 일이라는 소문도 들은 적이 있었다.

터무니없는 소리라고 생각했지만, 신성의 말을 들으니 지금은 사실처럼 느껴졌다.

"나 역시 악신의 은혜를 받아 이러한 힘을 얻은 것이다."

"오오!"

"그 불꽃은 과연……!"

신성이 그럴듯하게 말하자 쿤타는 벌떡 일어났다.

"악신께서 가호를 내려주시면 마족 따위는 아무것도 아니다. 악신께서 너를 아끼는 모양이군. 쿤타."

"그, 그런가! 하하하!"

"너는 선택받은 대족장이다."

"하하하! 그렇지! 나 말고 대족장은 있을 수 없다!"

주변이 웅성거렸다. 신성의 압도적인 힘에 대한 의문이 풀리는 순간이었다. 확실히 대전사를 박살 낸 그 힘은 거인족의 힘이라기에는 너무 강했다.

"악신의 부족과 교역하면 해결될 일이다. 마족들을 토벌한다면 영지가 엄청 넓어질 테니 손해는 아니지."

"크, 크흠, 하지만 친우여! 막대한 돈이 들 텐데……."

"악신은 제물을 좋아해."

"제물?"

신성이 씨익 웃었다. 신성의 웃음에 쿤타는 소름이 끼치는 것을 느꼈다.

"쓸모없는 백성들을 바친다면 아마 악신께서도 기뻐할 것이다. 많은 식량과 무기를 공급해 주겠지."

"음……."

"전쟁을 하게 되면 어차피 죽을 나약하고 쓸모없는 것들이 아닌가? 악신께서 흡족하신 다면 너에게 권능을 내려주실지도 모른다."

쿤타가 직속 부하들을 바라보았다. 직속 부하들은 고개를 끄덕였다.

"백성이야 언제든 늘리면 그만 아닙니까? 할 줄 아는 게 그것밖에 없는 것들인데요."

"식량도 부족한데 잘 되었군요!"

"탁월한 방법인 것 같습니다! 역시 대전사!"

쿤타는 눈치를 보다가 고개를 끄덕였다.

"좋네! 그렇게 하도록 하지!"

모두가 만족할 결과가 나왔다.

CHAPTER 5

특급 마왕 버스I

고민이 해결되자 다시 분위기는 밝아졌다.

'거인족들은 드래고니아에 도움이 되겠지. 대단한 근력을 지녔으니 충분히 쓸 만할 거야. 문제는 그로라인가.'

쿤타는 그로라를 철저하게 능욕한 다음 죽일 생각이었다. 그로라는 루나의 신도였으니 그녀가 고통을 받는다면 루나가 슬퍼할 것이다.

신성은 잠시 생각에 빠졌다가 쿤타를 바라보았다.

"그로라, 그년은 어떻게 처리할 생각이지?"

"흠, 일단 발가벗긴 다음에 노역을 시켜야지. 후후… 전사들의 노리개로 주는 것도 좋겠지."

"차라리 하피에게 산 채로 뜯어먹히게 하는 것은 어떤가? 네가 당한 그대로 갚아주는 것이 더 개운할 것 같은데? 반짝이는 것과 함께 묶어놓는다면 하피가 몰려들겠지."

신성의 말에 쿤타는 손뼉을 치며 벌떡 일어났다.

"하하하! 그래, 그게 좋겠어! 산 채로 뜯어먹히는 것만큼 치욕스러운 일은 없으니 말이야! 내가 너무 시시하게 생각했군. 자네는 역시 대족장의 총사령관이야!"

쿤타는 크게 웃으며 만족해했다. 쿤타의 직속 부하들도 아부를 하며 기대가 되는 눈초리가 되었다. 쿤타는 상상만으로도 행복한지 몸을 부르르 떨었다.

신성은 쿤타가 멍청해서 다행이라는 생각이 들었다. 일차원적인 생각만 할 수 있는 그런 지능을 지니고 있었다. 아마 지능을 스텟으로 표현하면 3을 넘기지 못할 것 같았다.

'거인족은 교육의 개념이 없으니 당연할지도 모르지.'

그로라가 아주 특이한 것이다.

"아! 룬! 일리칸을 자네에게 주겠네."

"일리칸을?"

"하하! 총사령관이라면 그 정도 영지는 가지고 있어야지."

쿤타는 신성에게 간이고 쓸개고 모두 빼 줄 기세였다. 신성은 피식 웃으면서 고개를 끄덕였다. 드래고니아의 아주 좋은 전략적 거점이 되어줄 것이 분명했다.

"그럼, 나는 내일 악신의 부족에게 갔다 와야겠군. 교섭을 해야 하니 시간이 꽤 걸릴 거다."

"음! 강한 전사들을 붙여주겠다."

"아니, 잘못하면 오해를 살 수도 있다. 혼자 빨리 갔다 오도록 할 테니 그때까지 제물들을 준비해 놓았으면 좋겠는데."

쿤타는 고개를 끄덕이고는 직속 부하에게 명령했다. 그럭저럭 괜찮은 거인족 백성들을 선발해서 끌고 올 것을 말이다.

"하하! 이제 무거운 이야기는 그만하고 오늘은 취할 때까지 마시자고! 연회다! 여자들을 데려와라!"

"좋습니다!"

"하하하하!"

쿤타와 그의 부하들이 떠들어댔다.

신성은 내일 출발을 준비한다는 이유로 자리에서 일어나 밖으로 나왔다. 마족과의 전쟁이 일어날지 모르는데 저렇게 처놀고 있으니 한심하면서도 다행이라는 생각이 들었다.

연회가 열리는 동안 신성은 쿤타가 준 집으로 돌아갔다. 쿤타는 대단히 신성을 신경 써주고 있어서 대족장이 아꼈던 벽돌집까지 내어주었다. 벽돌집은 궁궐 쪽에 있지는 않았지만 호칸에서도 큰 부지를 차지하고 있었고 거인족의 수준에서는 제법 잘 만들어진 집이었다.

그러나 신성의 눈에는 허접하기 그지없었다. 그저 그럴듯하게 만들어놓은 돌무덤에 지나지 않았다. 그래도 나름 신경을 써봤는지 지하 시설도 존재했는데 그곳에 마족의 포로들이 있었다. 쿤타가 준 거인족 노예들은 벽돌집 밖에 있는 마구간에서 자거나 일을 하고 있었다.

　자욱한 먼지와 냄새 때문에 신성은 창문을 열어놓았다.

　호칸에서 가장 좋은 집 중 하나가 바로 이곳이었으니 백성들은 얼마나 가난한 생활을 할지 안 봐도 뻔했다. 비바람을 막아주는 곳만 있어도 행복해할 것이다.

　'그냥 이대로 싸움을 붙여놓고 떠나는 것이 답이기는 하지만……'

　루나 때문에 생각해 낸 방법이기는 했지만 그로라와 거인족의 백성들을 드래고니아로 받아들이는 것도 나쁘지 않을 것 같았다. 몬스터들도 받아들이는데 거인족이라고 못 받아들일 이유가 없었다. 거인족은 오우거만큼 섬세하지는 않지만 그래도 훌륭한 일꾼이니 거둘 만한 가치가 있었다.

　'루나가 의도한 건가?'

　신성은 피식 웃으며 고개를 저었다. 아마 오지랖 부리다가 그런 것 같았다. 자신에게 기대려 하는 존재들을 어머니처럼 따스하게 대해주니 말이다.

　벽돌집 안의 식탁에는 음식이 차려져 있었다. 시녀들이 겁에 질린 눈으로 자신을 바라보고 있었다. 신성의 노예였다.

'노예인데도 레벨 120이 넘어가는군.'

거인족의 육체 능력은 대단했다. 처음부터 타고난 레벨을 지니고 있었다. 나약한 노예 여인이 그 정도이니 거인족 전사들이 강한 것은 당연했다.

저들이 정규교육을 받고 스킬을 획득하면 어떻게 될까? 분명 대단한 전력이 될 것이다.

아무튼, 식탁 위에는 차려놓은 것은 많았지만 딱 봐도 맛이 없을 것 같았다.

"밥은 먹었나?"

"죄, 죄송합니다."

시녀들은 며칠은 굶은 것 같았다.

거인족이 아니었다면 아마 버티지 못했을 것이다.

가장 뒤에 있던 시녀의 배에서 꼬르륵 소리가 나자 시녀들이 황급히 무릎을 꿇고 고개를 조아렸다.

시녀 중에는 루나를 믿고 있는 시녀도 있었다. 루나교가 거인족 백성들에게 은근히 퍼져 나가고 있는 것 같았다.

"버리기는 아까우니 너희들이 먹어라."

"네? 아, 알겠습니다."

신성이 자리를 비우자 흥분한 시녀들의 목소리가 들려왔다. 사람 사는 곳은 어디나 똑같았다.

신성은 살짝 웃고는 포로들이 있는 지하로 향했다.

지하에는 끌려온 마족들과 노예들이 부들부들 떨면서 묶여 있었고 반죽음이 된 마족들이 신음을 흘리고 있었다. 탈출할 수 없게끔 손을 제대로 보았다.

고위 마족은 피떡이 되어 있었다. 장기가 모조리 박살 나마력이 빠져나가고 있었다.

'악업이 꽤 쌓여 있군.'

신성은 악업을 흡수했다.

부르르 떨던 마족들이 죽어 나갔다. 그들의 영혼은 지하 감옥을 전송될 것이다.

신성은 마족들을 지나 릴리스가 있는 곳으로 다가갔다. 릴리스는 철창에 갇혀 벽돌집 지하로 옮겨졌는데 처음 봤던 그대로 조용히 앉아 있었다. 신성의 기적이 느껴지자 고개를 천천히 신성 쪽으로 고개를 돌렸다. 입을 뻐끔거렸지만, 성대가 없어 말이 제대로 나오지 않았다.

'심각한 수준이군.'

그녀를 전부 회복시키는 것은 신성의 치료 마법으로도 힘들어 보였다. 일반적인 치료 마법으로는 그녀의 힘을 되찾아 줄 수 없었다.

신성은 일단 그녀와 대화를 할 수 있을 정도로 회복시키기로 했다.

"힐."

힐이 그녀의 몸에 깃들었다. 부작용이 있기는 하지만 의지력이 대단한지 아무렇지 않아보였다. 레벨 400이 넘는 마왕다운 모습이었다.

[재생하라.]

힐의 위력이 약해지기 전에 용언을 써주자 빛이 터져 나왔다. 눈과 목은 어느 정도 회복했을 것이다.

"누구… 지?"

갈라진 목소리가 들려왔다.

신성은 마족으로 변했다. 드래곤 하트의 밑바닥에 있던 악신의 힘을 끌어올렸다. 악신의 힘은 암흑룡이나 마족의 모습과 궁합이 잘 맞았다.

휘이이이!

암흑 마력이 흘러나오며 신성의 몸을 휘감았다. 악신을 상징하는 검은 옷이 암흑 마력으로부터 형성되었다. 신성의 몸은 대단히 어두웠다.

"끄아아악!"

"사, 살려줘!"

"으, 으아!"

주변에 있는 마족들에게서 검은 기류가 신성에게로 빨려들어왔다. 악업들이 자동으로 흡수되고 있는 것이다.

신성의 존재감은 어마어마하게 커졌다.

'역시 부담이 심하네.'

악신의 힘을 제대로 강림시키기에는 신성의 힘이 부족했다. 권능을 쓰지 않는다면 유지하는 것까지는 괜찮았다. 본체 상태에서 악신을 강림시킨다면 엄청난 위력을 자랑할 테지만 반동이 염려되었다.

릴리스에게 신으로서의 위엄을 보여주어야 했다. 그래야 의도대로 흘러갈 것이다.

신성은 철창을 열고 릴리스에게 다가갔다. 벽돌집의 지하는 대단히 추웠는데 누더기를 걸치고 있는 그녀의 몸이 떨리고 있었다. 몸이 약해져 추위를 고스란히 느끼고 있는 것 같았다. 신성은 그녀의 눈을 가리고 있는 피 묻은 천을 떼어 주었다.

"눈이… 보여? 어떻게……? 내가 죽은 건가?"

그녀는 자신의 몸을 만져보려다가 포박되어 있음을 깨달았다. 끊어진 힘줄은 그대로였다. 파괴된 내부의 상태 역시 고쳐지지 않았다.

한 줌의 마력도 존재하지 않았다.

옆에서 기적이 느껴지자 아름다운 루비를 보는 듯한 눈동자가 신성을 향했다.

"아……."

그녀의 눈동자가 흔들렸다. 진득한 암흑 마력을 내뿜고 있는 신성의 모습은 황홀했다. 그 말로밖에 표현할 수 없었다. 마계에서 온갖 아름다움을 경험한 그녀였지만 눈앞에 있는 남자에 비할 바가 아니었다.

"당신은… 마족……? 아니, 마족이 아니야. 그보다 더……."

"릴리스. 마왕 주제에 꽤 엉망진창으로 당했군."

"으윽……."

분노가 치미는지 그녀의 눈이 날카로워졌다. 그러나 그녀가 할 수 있는 것은 아무것도 없었다. 마족을 상징하는 뿔을 잃어 권능도 사라졌고 내부의 장기마저 축출당해 마력도 전혀 남아 있지 않았다.

신성이 자신을 바라보자 릴리스는 숨이 멎는 것 같은 느낌을 받았다. 신성의 존재감은 릴리스의 몸을 움츠러들게 했다.

그 위엄은 절로 공포를 느끼게 하였다.

"다, 당신은… 누구지?"

"그건 별로 중요하지 않아. 복수하고 싶나?"

"복… 수?"

"그래, 너를 그렇게 만든 자들에게 말이야."

신성은 그녀의 포박을 풀어주었다. 그녀의 몸이 힘없이 앞으로 고꾸라졌다. 바닥에 얼굴이 처박히자 몸을 꿈틀거렸지만 일어나는 것조차 할 수 없었다.

그녀는 벌레처럼 바닥에서 꿈틀거리는 자신의 모습에 절망을 느꼈다.

"이런 몸으로… 어떻게 복수를 할 수 있단 말이지? 난… 이미 끝났다. 어리석게도… 배신당해 이런 꼴이지."

많은 사연이 있어 보였다. 그녀의 눈동자가 분노로 일그러졌다. 그녀가 느끼는 고통과 분노가 신성에게 빨려 들어왔다.

"복수를 할 수 있다면 어떻게 하겠나?"

"내 모든 것을 다 바쳐서라도… 죽여 버릴 거야! 갈기갈기 찢어서 헬하운드의 먹이로 주겠다."

"내가 도와줄 수 있다."

"어떻게……?"

"계약하자."

그녀의 몸을 회복시키는 방법은 대충 짜놓았다.

드래곤 나이트로 만들어 육체를 회복시키는 방법이 있었다. 영혼을 토대로 육체가 아예 재구성되는 것이기 때문에 완전히 회복될 것이다.

드래곤 나이트의 임명은 강한 신뢰가 필요했다. 그 점은 계약을 통해 극복할 생각이었다. 자신에게 모든 것을 다 바친다면 순조롭게 진행이 가능할 것이다.

신성은 그녀를 일으켜 주었다. 벽에 등을 기대고 있는 모습은 마왕이라 생각할 수 없을 정도로 비참했다.

그녀의 앞에 계약서가 떠올랐다. 그녀는 계약서를 읽어보고는 눈동자가 커졌다.

"당신은… 신이었군. 그 재앙을 내린 악신……!"

그녀의 얼굴이 경악으로 물들었다.

신성의 악명은 마족에게까지 소문이 나 있었다.

신성은 조용히 웃었다. 릴리스는 그 미소에 홀려 무심코 계약을 할 뻔했다.

"내 영혼을… 바치면… 정말 나를 회복시켜 줄 수 있나?"

"그래."

"……"

"고민되나? 없었던 이야기로 해도 좋아. 이곳에서 비참하게 죽는 것도 나쁘지 않겠지. 저들처럼 말이야."

신성이 옆으로 비켜서자 그녀는 볼 수 있었다. 자신을 고문한 고위 마족이 목을 부여잡으며 괴로워하고 있는 것을 말이다. 고위 마족이 자존심도 없이 살려달라고 울부짖고 있었다. 그 고통이 눈앞에 있는 사내에게 빨려 들어가는 것이 보였다.

"기회는 두 번 오지 않아. 나와 함께한다면 네 적에게 철저한 고통을 줄 것을 약속하지."

"난… 여기서 멈출 수 없어. 나는……"

그녀는 눈을 감으며 긴 숨을 내쉬었다. 눈을 떴을 때 그녀의 눈동자에서 의지를 읽을 수 있었다.

"알겠다. 계약… 하자."

"후회하지 않을 거야."

그녀가 계약 의사를 밝히자 계약서에 자동으로 서명이 되었다.

[악신의 계약이 완료되었습니다. 악신에게 너무나 유리한 계약입니다!]

[마왕 릴리스가 당신에게 완전히 귀속됩니다.]

[그녀의 몸을 회복시켜 주고 복수를 도와줄 의무가 있습니다.]

계약서가 신성에게로 오는 순간 신성의 몸에서 암흑 마력이 솟구쳤다.

[마왕의 영혼을 획득하였습니다.]

[신성 랭크가 상승하였습니다.]

*[B+]극악한 악신(중급신)이 되었습니다.

*신성 랭크가 상승하여 악신의 권속을 만들 수 있습니다. 악신의 권속에게는 악신의 권능이 부여됩니다.

*악신의 권속은 악신의 성, 암흑신전을 포함한 악신의 시설

들을 관리할 수 있습니다.

마왕을 얻은 것 때문에 새로운 권능이 생겼다.

복수를 도와줘야 하는 의무가 있었지만 어차피 마계를 토
벌할 것이기에 신성의 목적과 일치했다.

신성은 그녀를 드래곤 나이트로 만들고 악신의 권속으로
임명한다면 그녀의 몸을 완전히 회복시킬 뿐만 아니라 대단히
강력하게 만들 수 있을 것 같았다.

드래곤 나이트로서 얻는 권능과 악신의 권속으로서 얻는
권능, 둘 다 얻을 수 있으니 말이다. 신성도 마왕의 특성 스킬
을 익힐 수 있으니 대단한 이득이었다.

'그야말로 캐리 머신이겠군.'

레벨 400이 넘는 특급 마왕 버스가 탄생하는 것이다.

신성의 입가에 미소가 걸렸다. 그 미소를 본 릴리스는 몸을
흠칫 떨었다. 왠지 속은 기분이 들었다. 복수보다 더 힘든 고
생길이 열린 것 같은 느낌이 들어 절로 소름이 끼쳤다.

'성공했군.'

이렇게 무게를 잡는 건 신성의 스타일이 아니었다.

"악신이여! 계약을 이행해 다오."

"음, 오늘은 조금 피곤한데."

"…무슨 말이지?"

"계약하느라 꽤 힘도 많이 썼고."

릴리스가 어이없다는 눈으로 신성을 바라보았다.

신성의 흘러넘쳤던 위엄은 사라지고 없었다. 자욱한 암흑 마력은 회수되었고 아름다운 마족의 모습만이 남아 있을 뿐이었다.

신으로서의 위엄이 사라지자 전보다 훨씬 가벼운 분위기가 되었다.

그녀는 신성을 노려보았다.

"그것은 계약 위반 아닌가?"

"언제 고쳐줄지는 계약서에 안 적혀 있었잖아. 내일이 될 수도 있고 아닐 수도 있겠지."

"크윽… 진짜 악신이군! 이 악마야!"

릴리스의 눈꺼풀이 파르르 떨렸다. 무척이나 분한 듯 보였다. 레벨이 신성보다 훨씬 높다 보니 신성에게 영혼이 속해 있음에도 자존심을 지키고 있었다. 신성이 명령을 내린다면 따를 수밖에 없는 입장이지만 말이다.

신성은 그 점이 오히려 더 재미있었다.

"좀 자야겠는데. 그럼 내일 보자."

"나를 이대로 날 두고 갈 생각인가?"

"응. 계약 내용에는 없었잖아."

"사기다! 이건 사기 계약이야! 저, 적어도 계약자를 대우해

줘야 하는 것 아닌가?"

"내가 왜?"

"아, 악독한……!"

신성은 피식 웃었다.

놀려먹기 좋은 부하가 생긴 것 같아 기분이 좋았다.

신성은 다음 날이 되자 바로 호칸 밖으로 나왔다. 커다란 짐짝에 릴리스를 넣고 나왔는데 말에 실은 탓인지 아무도 눈치채지 못했다.

쿤타와 많은 전사가 신성을 마중 나왔다. 밤새도록 술을 마시며 놀았는지 얼굴에는 피곤함이 가득했지만 신성을 극진하게 대했다.

'일단 릴리스를 회복시킨 다음 하피들을 설득해야겠군.'

릴리스의 강함은 꽤 도움이 될 것이다.

거인족들이 안 보이는 곳에 이르자 신성은 짐을 풀었다. 보따리 안에 들어 있던 릴리스가 원망 섞인 눈으로 신성을 바라보았다.

"나는 짐이 아니야! 마계 서열 13위 마왕이다!"

"전 서열 13위겠지."

"그건… 그렇지만……."

릴리스의 표정이 시무룩해졌다. 표정 변화가 다양해 성숙

한 외모임에도 소녀처럼 보였다. 루나의 좋은 친구가 되어줄
수 있을 것이란 확신이 들었다.

릴리스는 토라졌다가도 주변 경관을 보며 감탄했다. 마계와
는 비교도 할 수 없는 아름다운 경치가 펼쳐져 있었다. 어비
스의 경치는 볼 때마다 색달랐고 마음을 잡아끄는 매력이 있
었다.

'시작해 볼까?'

신성은 일단 릴리스를 먼저 회복시키기로 했다. 릴리스를
바닥에 내려놓자 릴리스가 고개를 들어 신성을 바라보았다.
신성은 거인족의 모습에서 휴먼족의 모습으로 변한 다음 릴리
스에게 가까이 다가갔다.

신성이 진지한 눈으로 릴리스를 바라보았다.

릴리스는 몸을 흠칫 떨었지만 신성이 피식 웃자 눈썹을 찡
그렸다.

"놀리는 건가?"

"그런 것 같은데."

"으, 정말……!"

신성은 바닥에 간신히 앉아 있는 그녀에게 손을 뻗었다.

신성의 손이 릴리스의 심장 부근에 닿았다. 릴리스의 심장
은 많이 약해져 있었다. 그저 이렇게 버티고 있는 것만으로

도 꽤 고통이 심할 텐데 그녀는 약한 모습은 보이지 않았다. 그래서 더 놀리는 맛이 있었다. 아마 루나도 릴리스를 본다면 같은 생각을 할 것이다.

신성은 그녀의 어깨를 꾹 눌러보았다.

"아파?"

"아프지 않다!"

"그래?"

더 세게 누르자 부들부들 떨며 신성을 노려보았다. 정말 대단한 인내력이었다. 이 정도라면 체력이 부족하더라도 충분히 버텨낼 수 있을 것 같았다. 더 시간을 끌다가는 릴리스의 생명이 모두 소진될 우려가 있었다. 그녀는 지금 이 순간에도 죽어가고 있었다.

"거부하지 말고 받아들이도록 해."

"으, 웅."

드래곤 하트의 마력이 서서히 고개를 치켜들었다.

막대한 마력이 뿜어져 나오며 신성과 릴리스를 감쌌다. 릴리스의 몸에 신성의 마력이 깃들었다. 신성의 마력이 릴리스의 몸을 질주하며 그녀의 몸을 변화시키기 시작했다. 잘려 나간 힘줄이 다시 재생되었고 약했던 장기들은 드래곤의 힘을 깃든 강력한 것들로 다시 교체되었다.

이것은 회복이나 변화가 아니라 진화라고 부르는 것이 옳을 것이다.

우드득!

나약했던 뼈가 가루가 되며 사라졌고 드래곤의 뼈로 대체되었다. 한 줌의 마력도 존재하지 않았던 심장은 드래곤을 닮은 강인한 심장으로 재탄생되었다.

펄럭!

그녀의 등 뒤로 검은 날개가 치솟았다. 아름다운 보석을 보는 듯한 비늘이 달린 날개였다. 날카로운 꼬리가 생겨났고 마지막으로 잘린 뿔에 신성의 마력이 뭉치기 시작했다.

마족의 뿔은 권능을 상징했다. 뿔이 잘린 마족은 마왕이라 할지라도 하급 마족으로 추락했다. 그만큼 마족의 뿔은 중요했다. 뿔이 잘려 나간 곳에 전보다 훨씬 아름다운 뿔이 자라났다. 드래곤 나이트의 권능이 깃든 뿔은 그 어느 마족의 뿔보다 아름다웠다.

육체가 재생되는 고통은 대단할 것이다. 그녀는 신음 하나 내지 않고 모든 것을 참아내었다.

모든 재생이 끝나고 고통이 사라지자 릴리스의 표정이 편안해졌다.

[릴리스가 드래곤 나이트로 변화하였습니다.]

[릴리스의 레벨이 크게 상승합니다.]

[S]용마왕 릴리스

드래곤 나이트로 재탄생된 마왕.

마왕의 신체에 강력한 드래곤의 힘이 깃들었다.

마족으로서의 약점이 완전히 사라지며 드래곤의 힘을 자유자재로 사용할 수 있다. 드래곤의 재능을 이어받아 자신의 특성 스킬 외에 다양한 마법을 익힐 수 있다.

용마왕 릴리스는 드래곤의 힘을 완전히 받아들여 브레스와 지배의 용언을 사용할 수 있다.

*[S]용마왕의 재능 : 드래곤의 재능을 이어받아 스킬을 제한 없이 익힐 수 있다.

*[S]뇌전의 브레스 : 용마왕 릴리스의 권능과 드래곤의 힘이 합쳐진 브레스. 강력한 파괴력을 자랑한다.

*[S]지배의 용언 : 지배의 힘이 깃든 용언. 자신보다 약한 자를 굴복시켜 지배할 수 있다.

릴리스가 용마왕으로 재탄생되었다. 날개를 펼치고 공중에 떠올라 있었던 릴리스가 눈을 떴다.

"나, 난다?"

자신이 날고 있음을 깨닫고는 허둥거렸다. 그러다가 손으로 자신의 몸을 더듬어보았다. 전보다 훨씬 강력해진 육체가 느껴졌다. 마력은 몇 배로 늘어나 무엇이든 할 수 있을 것 같았다.

릴리스는 머리 위로 손을 뻗었다. 길게 뻗어 있는 뿔이 만져지자 그녀의 얼굴이 기쁨으로 물들었다.

"뿔이 생겼다! 훨씬 크고 단단하고 아름다운 뿔이야!"

그녀의 꼬리가 요동쳤다. 기쁨을 확실히 나타내 주고 있었다.

"보아라! 악신이여! 나의 크고 단단한 뿔을!"

"음… 뭐… 나쁘지는 않네."

"후후후! 내가 바로 용마왕 릴리스다!"

릴리스는 크게 웃다가 밑을 바라보더니 움찔했다. 천천히 바닥으로 내려와 발이 땅에 닿자 다시 크게 웃기 시작했다.

"이 정도의 힘이라면 서열 10위까지는 찢어발길 수 있겠어!"

"그래, 그럼 좋지."

"악신이여! 그대는 악독하지만, 그럭저럭 괜찮은 신이었군!"

우울했던 기색은 사라지고 없었다.

릴리스는 자신감을 완전히 되찾은 것 같았다. 활발해져서 보기 좋기는 했다.

"가만히 있어봐."

"응?"

신성이 그녀의 머리 위에 손을 올려놓았다. 기분이 나쁘지는 않은지 꼬리가 살랑거렸다.

릴리스의 표정이 풀어졌다. 그러다가 자신의 표정을 깨닫고는 애써 근엄한 표정을 지었다.

신성은 악신의 권능을 일으키며 릴리스를 바라보았다.

[용마왕 릴리스가 악신의 권속이 되었습니다.]

*악신의 권능이 부여됩니다.
*영혼력을 릴리스와 공유합니다.

[A+]사악한 창조
영혼을 회수하여 악신의 몬스터를 만들 수 있다.

영혼력을 소비하여 하급 스켈레톤부터 시작하여 용아병, 데스나이트에 이르기까지 다양한 몬스터를 만들어 낼 수 있다. 악신과 영혼력을 공유하며 몬스터가 획득한 경험치는 릴리스와 악신이 나누어 갖게 된다.

악신의 권속이 되자 릴리스에게 새로운 권능이 부여되었다. 신성이 할 수 있었던 영혼력을 이용한 몬스터 창조를 릴리스 역시 사용할 수 있게 되었다.

"오오! 대단해!"

"꽤 좋은 권능이 부여되었군."

"그러하다!"

영혼력은 릴리스에게 관리를 맡기면 될 것 같았다. 영혼력만 있다면 강한 병력을 만들 수 있으니 드래고니아에 큰 도움이 될 것이다.

신성은 낫을 소환했다.

들떠 있던 릴리스가 신성이 소환한 낫을 보고는 눈을 반짝였다. 낫을 이리저리 흔들어보니 릴리스의 고개도 같이 돌아갔다.

영혼을 회수하는 데 이것보다 좋은 무기는 드물었다. 신성에게는 그다지 필요가 없으니 릴리스에게 주는 것이 좋을 것같았다. 지금은 비록 누더기를 입고는 있지만 전체적인 이미지를 생각해 보면 꽤 잘 어울렸다.

"받아."

"정말 주는 건가?"

"어차피 네 것은 내 것이니 준다는 말은 어울리지 않는데."

신성의 말은 들리지 않는 모양이었다.

낫을 받아든 릴리스는 황홀한 표정으로 낫을 바라보았다. 두 눈에 하트가 보이는 것 같았다.

[릴리스가 당신을 완전히 신뢰합니다.]

[릴리스의 충성심과 호감도가 최고치가 되었습니다.]

신성은 인벤토리에서 릴리스가 입을 만한 옷을 찾아보았다. 예전에 인벤토리에 넣고 깜빡한 초보자 복장 상자가 있었는데 그럭저럭 입을 수 있을 것 같았다.

릴리스는 주섬주섬 옷을 입었다. 조금 헐렁했지만 용언으로 고치니 나름 잘 어울렸다.

등에 낫을 고정하자 제법 그럴듯한 모습이 되었다.

신성은 말을 풀어놓고 협곡으로 향했다.

하피에게 들릴 생각이었다. 릴리스가 회복되니 이동속도는 빨랐다. 본체로 돌아갈 필요 없이 어느 정도 이동하자 눈앞에 협곡이 펼쳐졌다.

아찔한 협곡의 끝에 서자 릴리스가 뒷걸음쳤다. 얼굴이 새파랗게 질려 있었다.

"무섭나?"

"그럴 리가! 옷이 좀 꽉 껴서 그렇다!"

"헐렁해 보이는데… 뭐, 상관없겠지."

신성이 암흑 마력을 흘리자 저 멀리 있던 하피들이 다가오기 시작했다.

하피들이 까맣게 몰려오는 모습은 장관이었다. 릴리스마저 감탄하며 바라볼 정도였다. 하피 무리에서 하피 무녀가 빠져나와 신성의 앞에 날아왔다.

"오오! 사악한 악신이여!"

하피 무녀는 호들갑을 떨었다. 하피 무녀가 신성을 추켜세울수록 릴리스의 어깨가 더욱 올라갔다.

"나의 신도가 되는 것이 어떤가?"

"오오! 저희에게 영광을 가져다주신다면 우리 부족은 악신을 믿고 따를 것입니다!"

"영광이라……."

하피의 마음을 얻는 것은 쉽게 되는 일이 아니었다. 강제적으로 믿게 할 수는 없었다. 자신에게 강한 호의를 보이고 있지만 결정적인 한 방이 필요했다.

"협곡의 영역을 늘려주면 되나?"

"오오! 그것은 분명 영광일 것이옵니다! 그리된다면 찬란한 날갯짓으로 악신을 숭배하겠습니다!"

신성은 고개를 끄덕였다. 하피는 현재 협곡의 상공에서 치열한 영역 다툼 중이었다. 저번에 신성을 따라 나오며 거인족을 몰살시켰을 때 제법 영역을 잃은 것 같았다.

'이참에 협곡을 드래고니아에 편입시키는 것도 괜찮겠지.'

하피는 번식이 빠른 편이었다.

하피가 협곡을 지켜준다면 드래고니아는 튼튼한 성벽을 얻는 것과 다름이 없었다.

"그럼 그렇게 해줄게."

하피 무녀가 신성을 칭송한 다음에 다시 하피 무리로 섞여 들어갔다. 신성은 릴리스를 바라보았다. 릴리스는 신성과 눈이 마주치자 불길한 느낌이 들었다.

"왜, 왜 그, 그렇게 쳐다보는 거지?"

"몸도 고쳐줬으니 이제 일해야지."

"무, 무슨 말인가?"

신성이 협곡의 상공을 가리키자 릴리스의 고개가 천천히 돌아갔다. 릴리스는 재빨리 등을 돌린 다음에 도망치려 했다. 그러나 신성의 손에 잡혀 도망칠 수 없었다.

"다, 다음에 하면 안 되나?"

"용마왕으로서의 힘을 보여줘. 날개도 있으니 문제없잖아?"

"으, 으······."

릴리스의 얼굴이 새파랗게 질렸다.

본인은 인정하고 있지 않지만 아무래도 고소공포증이 있는 모양이었다. 협곡으로 데려가자 신성의 팔을 꽉 붙잡고는 떨어지지 않았다. 그러면서도 표정은 강한 척하고 있으니 제법 우스웠다.

'레벨이 엄청 높으니 쉽게 협곡을 평정하겠지.'

용마왕이 되고 레벨은 상승해 현재 그녀의 레벨은 430이었다.

협곡의 상공에는 수많은 몬스터가 존재했다. 신성은 경험치 버스로 그녀를 써먹을 생각이었다.

[릴리스가 파티원이 되었습니다.]

드래곤과 용마왕이 파티를 하자 경험치 140%라는 버프가 생겼다. 신성은 씨익 웃으며 릴리스를 바라보았다. 신성이 무슨 생각을 하는지 파악한 릴리스는 고개를 세차게 저었다.

"사자는 새끼를 강하게 키운다고 하지."

"나는 사자가 아니야! 용마왕이다!"

"다 너를 생각해서 하는 일이야. 이해해 줘."

신성은 릴리스를 들었다. 한 치의 망설임도 없이 릴리스를 협곡으로 던져 버렸다.

"꺄아아악!"

릴리스의 비명이 협곡을 울렸다.

릴리스는 튼튼했다. 드래곤 나이트가 되면서 마력 스킨 역시 펼칠 수 있었다. 저 밑으로 떨어진다고 해도 살아날 수 있을 것이다.

"사, 살았다!"

날개를 퍼덕여 간신히 협곡의 바위를 붙잡았다.

신성은 바위에 매달려 있는 릴리스를 바라보았다. 빨리 비행에 익숙해지지 않으면 곤란했다. 그래야 써먹을 구석이 생기니 말이다.

"파이어 에로우."

화염의 화살이 뻗어 나가며 릴리스가 잡고 있던 바위에 적중했다. 바위가 단번에 박살 나자 릴리스가 다시 밑으로 떨어졌다.

"꺄아아악! 이 사악한 악마야! 변태! 고통을 즐기는 변태야!"

"흐음. 아직 좀 비행이 어색한데."

신성이 손가락을 튕기자 신성의 주변에 수많은 마법진이 떠올랐다. 날개를 퍼덕여 간신히 다시 바위를 붙잡은 릴리스의 얼굴이 사색이 되었다.

신성은 상쾌하게 웃었다.

"빨리 익숙해져야 일을 하지. 파이어 에로우."

수십이 넘는 화염의 화살이 릴리스에게 쏟아져 내렸다. 릴리스가 협곡 밑으로 가라앉다가 간신히 떠오르는 것이 보였다. 어지간히 무서운지 두 눈에 눈물이 맺혀 있었다.

한동안 그렇게 필사적으로 날개를 흔들자 비행이 익숙해지기 시작했다. 아직도 안색이 나빴지만, 전보다는 훨씬 나아졌다.

"이제 괜찮나 보네. 별로 안 무서워하고."

"하, 하하! 무서워한 적 없다. 몸이 덜 풀렸기 때문에 그런 것일 뿐."

역시 효과는 확실했다.

신성은 자신의 탁월한 교육에 감탄했다. 역시 급박한 상황에서 초인적인 힘이 발휘되는 법이다.

"익숙해졌으면 빨리 정리해."

"아, 알았다! 후, 후후후! 용마왕의 힘을 보여주지."

비행에 익숙해지자 릴리스는 다시 자신감을 되찾았다. 신성은 그녀가 참 알기 쉬운 성격이라고 생각되었다. 본인 입으로 자신이 마계에서 냉혈의 마왕이라 불렸다고 하는데, 솔직히 믿기 힘들었다.

릴리스가 하늘 위로 날아올랐다. 조금 어색한 몸짓이었지만 그래도 빠르게 공포를 극복한 것을 보면 마왕은 마왕이었다.

릴리스는 하피 무리를 지나쳐 다른 몬스터의 영역으로 들어섰다. 신성은 인벤토리에서 캠핑 키트를 꺼내 바닥에 설치했다. 의자에 앉아 커피를 끓일 때쯤 상공에서 변화가 있었다.

검은 구름이 몰려오기 시작하더니 번개가 내리쳤다.

커피 잔을 들고 고개를 들어 릴리스가 있는 곳을 바라보았다. 그녀를 향해 수많은 몬스터들이 몰려들고 있었다.

릴리스의 주변에 번개가 휘몰아쳤다. 뇌전은 그녀가 가진 권능이었다. 그녀가 호흡을 내뱉자 뇌전으로 이루어진 브레스가 직선으로 뻗어 나가며 하늘을 갈랐다.

콰가가가가!

몬스터들이 터져 버리는 소리가 신성이 있는 곳까지 들려왔다.

[LEVEL UP!]
[LEVEL UP!]
[LEVEL UP!]
[130P UP!]

CHAPTER 6
특급 마왕 버스II

대량의 경험치가 쌓이며 레벨이 오르기 시작했다.

릴리스는 상공을 날아다니며 엄청난 대량 학살을 벌이고 있었다. 마왕은 역시 마왕이었다. 전투가 시작되자 미친 듯이 날뛰고 있었다.

보는 것만으로도 그녀의 흥분이 전해져 왔다.

"좋군."

신성은 몰아치는 뇌전의 폭풍을 감상하며 고개를 끄덕였다. 그야말로 탑승감이 무척이나 편안한 버스였다.

협곡의 상공은 릴리스의 학살로 시끄러웠지만, 신성은 한가롭게 커피를 마시며 오래간만에 한가로운 시간을 보냈다.

가만히 앉아 있어도 레벨과 스킬 포인트가 쑥쑥 오르니 대단히 흡족했다.

'그러고 보니 나도 종족 특성 스킬을 얻었지?'

릴리스의 엄청난 활약을 보니 생각이 났다.

신성은 릴리스를 드래곤 나이트로 만들면서 릴리스의 특성 스킬 하나를 얻었다. 마왕인 릴리스의 특성 스킬이니 제법 좋은 스킬일 것 같았다. 신성은 정보창을 불러와 스킬을 확인했다.

[S]뇌천룡

용마왕 릴리스의 특성 스킬이 드래곤의 힘으로 변화하였다. 뇌전을 자유자재로 사용할 수 있으며 뇌천룡으로 변신할 수 있다. 뇌천룡은 번개 구름을 몰고 다니며 그 어떤 드래곤보다 빠른 속도를 자랑한다.

인간형 상태일 때도 뇌전 마법을 자유롭게 구사할 수 있고 뇌전의 힘으로 빠른 이동이 가능하다.

대단히 좋은 스킬을 얻었다.

뇌전을 다루는 릴리스의 권능을 얻은 것이다. 드래곤의 힘

으로 재탄생하며 뇌천룡으로 변신할 수 있게 되었다. 릴리스
는 그야말로 복덩어리였다.

'조금 잘해줘야겠군.'

릴리스의 웃음이 들려왔다.

상공을 날아다니며 몬스터를 터뜨리는 모습은 마왕 그 자
체였다. 그동안 쌓인 스트레스를 풀려는 모양인 것 같았다.

신성은 앞으로 손을 뻗어보았다.

치지직!

뇌전이 신성의 손에 감돌았다. 뇌전 속성은 여러모로 쓸모
가 많았다. 다른 속성과도 궁합이 잘 맞아 속성 조합을 통해
서 섞어 쓴다면 그 위력이 무지막지하게 올랐다.

무기에 속성을 바를 때 뇌전 속성은 필수로 꼽혔지만 많이
보이지 않았는데, 워낙 희귀한 속성이라 하급 속성석이라 할
지라도 대단히 비싼 가격대를 형성하고 있었기 때문이다.

그런 희귀한 속성을 어떤 아이템도 없이 마음껏 사용할 수
있게 된 신성이었다. 신성이 뇌전의 힘을 시험해 보고 있을 때
정보창이 떠올랐다.

[협곡 토벌이 완료되었습니다.]
[하피들이 당신을 숭배하기 시작합니다.]
[하피들의 영역이 드래고니아에 편입됩니다.]

[하피가 드래고니아 인구 목록에 등록되었습니다.]

레벨을 확인해 보니 레벨이 330에 도달해 있었다. 협곡의 상공을 모조리 쓸어버린 덕분이었다. 이제 마왕급과도 어느 정도 붙어볼 만할 것 같았다.

신성은 고개를 들어 하늘을 바라보았다. 릴리스가 하피들에게 둘러싸여 날아다니는 것이 보였다. 하피들이 신성에게 복종했기 때문에 릴리스 역시 하피들을 부릴 수 있게 되었다. 릴리스는 기분이 무척이나 좋은지 크게 웃으며 상공을 활보했다.

'기분을 좀 풀어줘야겠네.'

너무 압박만 하면 좋지 않았다. 어쨌든 이제 자신이 챙겨야 할 권속이니 말이다. 계약을 떠나 신성은 자신의 가족이 된 자들을 모두 행복하게 만들어주고 싶었다.

릴리스가 하피들을 이끌고 신성의 앞에 내려왔다.

"후후! 이 몸의 능력을 보았는가?"

"과연 악신의 권속! 감탄하지 않을 수 없사옵니다!"

하피 무녀가 릴리스를 찬양하자 릴리스가 크게 웃으며 만족해했다. 신성이 자리에서 일어나 다가가자 하피들이 날개를 접으며 무릎을 꿇었다.

하피의 무녀가 신성의 앞에 다가와 깊게 고개를 숙이며 무룔을 꿇었다.

"우리 부족은 죽는 날까지 악신을 따르겠사옵니다!"

"그래. 너희들이 해줘야 할 일이 있다."

신성은 그로라를 포함한 전사들이 이곳에 오면 잡아먹는 척하고 협곡 너머로 옮기라고 말해주었다. 그리고 적의를 가지고 협곡에 오는 모든 놈들을 잡아먹으라고 명령했다.

하피 무녀가 하피들을 향해 비명과도 같은 소리를 내지르자 하피들이 모두 울부짖었다. 순식간에 모두에게 신성의 명령을 전달한 것이다.

하피들은 아름다운 외형을 지녔지만 몬스터를 산 채로 잡아먹는 육식 몬스터였다. 철저하게 상대를 농락하는 사악한 종족이었다.

신성은 인벤토리에서 드래곤 비늘을 꺼내 하피 무녀에게 주었다. 아름답게 반짝이는 드래곤 비늘을 받은 하피 무녀는 감동하며 신성에게 고개를 조아렸다.

"오오! 악신께서 신물을 내려주셨도다! 영광이 나날들이 계속될 것이다!"

"꺄아아악!"

"꺄악!"

거의 사이비 광신도를 보는 것 같았다. 하피 무녀와 하피들이 일제히 날아올랐다. 신성의 주변을 맴돌다가 협곡으로 사려졌다.

릴리스는 캠핑 키트를 물끄러미 바라보았다. 그러다가 테이블 위에 있는 커피 잔으로 시선이 고정되었다.

"먹고 싶어?"

신성이 커피 잔을 내밀자 릴리스가 커피 잔을 받아들고는 한 모금 먹었다.

"으윽! 퉤! 뭔가 이건! 독인가? 날 속였구나!"

신성은 피식 웃으며 인벤토리에서 마력 초코바 하나를 꺼내 주었다. 세이프리에서 장인이 만든 휴대용 간식이었다. 초코바를 든 릴리스가 의심이 가득한 눈초리로 신성을 바라보았다.

조심스럽게 한 입 베어 물자 릴리스의 눈이 크게 떠졌다.

"흐아아! 달아! 마, 맛있어!"

이보다 더 행복할 수 없다는 표정이었다. 흐물흐물해져 거의 녹아버릴 것 같은 모습이었다.

수고해 준 보답을 해주는 것이 좋을 것 같았다.

신성은 간단히 요리를 하기로 했다.

요리라고 해봤자 요리 키트를 이용한 초급 요리지만 그래도 좋은 재료를 사용하는 만큼 맛은 꽤 출중할 것이다.

신성은 인벤토리에서 요리 키트를 꺼냈다.

'스테이크가 좋겠네.'

세이프리에서 챙겨온 재료가 있었고 요리 키트에는 각종 소스도 들어 있어 꽤 맛있는 스테이크를 만들 수 있었다.

릴리스는 신성이 하는 것을 바라보았다.

맛있는 냄새와 환상적인 비주얼에 마음을 빼앗겨 버렸다. 거인족들과 비슷한 음식이 전부인 마계에서는 결코 구경할 수 없는 음식일 것이다.

"그건 마법인가? 오오!"

신성의 주변을 기웃거리면서 강력한 호기심을 내비쳤다.

신성이 스테이크를 접시에 담았다. 릴리스의 입가에 침이 흘렀다. 신성은 테이블 위에 접시를 올려놓았다.

트리시도 맛있는 음식에 홀딱 넘어갔으니 릴리스도 마찬가지일 것이다. 신성이 포크를 쥐여주자 릴리스는 조심스럽게 스테이크를 먹기 시작했다.

입에 고기를 잔뜩 머금고는 날아갈 것 같은 표정이 되었다.

"우아앙, 우엉!"

"다 먹고 말해."

"우읍으읍!"

"더 먹어라."

잘 먹는 모습은 보기 좋았다. 신성은 스테이크를 더 구웠다. 마왕다운 먹성을 보여주는 릴리스였다.

몇 접시를 그렇게 비운 후에 다시 근엄한 표정을 지었지만 이미 수습하기 늦었다는 것을 릴리스 역시 깨닫고 있었다.

협곡의 일도 해결했으니 이제 드래고니아로 돌아가 거인족에게 제공할 무기와 식량을 확보해야 했다. 식량은 지구에서 조달해 와도 되니 문제없었지만 무기 같은 경우에는 오우거나 드워프들이 만들어야 했다.

무기의 품질은 그리 신경 쓰지 않아도 될 것이다. 그냥 적당히 그럴듯한 것들을 만들어 제공할 생각이었다.

릴리스와 함께 협곡을 건너온 신성은 드래고니아에 도착했다. 릴리스는 드래고니아에 들어오자마자 감탄하며 주변을 뛰어다녔다.

"대단해! 보석이 널려 있어! 여기가 진짜 그대의 땅인가?"

"그래."

"오오. 저것들은 뭔가?"

땅에 무리 지어 움직이는 정령들을 보고는 릴리스가 다가갔다. 정령들은 릴리스를 발견하자 릴리스에게 달라붙었다. 정령들이 릴리스의 뿔에 달라붙어 밝은 빛을 내뿜기 시작하자 릴리스는 반짝이는 눈으로 신성을 바라보았다.

"뿔이 빛난다! 멋지지 않은가?"

"그러다가 통째로 사라진다."

"정말? 꺄악!"

정령들을 떼어내려 전속력으로 달리기 시작했다.

드래고니아는 푸른빛이 넘쳐나고 있었다. 검게 물들었던 대지에는 생명이 가득했다. 눈에 닿는 곳에는 모두 아름다운 나무와 꽃들이 넘쳐났다. 신성이 랜덤 박스를 통해 배치해 놓은 동물들도 떼를 지어 몰려다녔다.

얼마 전에 재앙이 내렸던 곳이라고는 믿어지지 않을 정도로 아름답게 변해 있었다. 신성은 다시 한번 현질의 위대함을 깨달았다. 아직 여유가 충분히 있으니 랜덤 박스를 조금 더 구매해도 괜찮을 것 같았다.

릴리스와 함께 쉼터에 도착했다.

쉼터는 이제는 도시라 부를 수 있을 정도로 대단히 확장되어 있었다. 많은 아르케디아인들이 짐을 싸 들고 들어와 있었고 몬스터들과 물품을 교환하는 등 활발히 움직이고 있었다.

"추출 세트랑 바꾸는 것이 어떻습니까?"

"흠, 별로다."

"속성석도 드리지요."

"좋다."

드워프 상인과 거대한 덩치를 지닌 리자드맨이 거래를 하는 것이 보였다. 리자드맨들은 호수 근처에서 살았는데 세금으로 호수 밑바닥에 있는 희귀한 보석들을 채취해 바쳤다.

드래고니아 인구의 대부분은 몬스터가 차지하고 있었다. 몬스터 부족들이 꽤 많이 이주해 드래고니아에 거주하는 몬스터들이 벌써 30만을 넘어서고 있었다. 사고를 치면 드래고니아에서 쫓겨나게 되니 대부분 얌전한 편이었다. 드래곤이 지배하는 땅에서 난리를 칠 만한 간 큰 놈들은 존재하지 않았다.

"오오! 대단해!"

릴리스가 감탄하며 외쳤다.

쉼터에 자리 잡은 커다란 여관에서는 몬스터와 아르케디아인들이 어울리며 맥주를 마시고 있었다. 싸움이 일어나기도 했지만 모두 그것 자체를 즐기는 모습이었다. 이곳은 세이프나 신루보다 훨씬 야생적이었다.

릴리스가 길거리에 세워진 꼬치를 파는 노점상 앞에서 멈추었다.

"어서옵서! 드래고니아의 큰 뿔 황소 고기로 만든 꼬치입니다! 달달한 소스와 매콤한 소스의 조화가 일품입니다요!"

"음, 이것과 바꾸자."

"오, 마력 루비로군요?"

릴리스가 협곡 상공을 쓸어버릴 때 습득한 루비를 내밀자 상인은 꼬치를 잔뜩 쥐어주었다.

"이곳은 낙원이로구나!"

릴리스는 행복해 보였다.

신성은 오두막으로 향했다. 다른 곳들이 모두 바뀌어 있었지만, 오두막은 그대로였다. 나무로 지어진 오두막은 그럭저럭 운치가 있었다.

오두막에 가니 낯익은 얼굴이 보였다.

"그러니까 루나 님이 계시는 것입니까? 안 계시는 것입니까?"

"…둘 다입니다."

"하아. 그러니까 계시는데 없는 척한다는 거군요."

"비슷합니다."

김갑진과 에르소나의 모습이 보였다.

김갑진은 루나를 데리러 온 것 같았다. 에르소나는 난감하다는 표정으로 김갑진을 대하고 있었다. 오두막 쪽을 바라보니 루나가 숨어서 상황을 지켜보고 있는 것이 보였다.

오랜만에 보는 김갑진의 얼굴은 반쪽이 되어 있었다.

신성이 나타나자 김갑진과 에르소나가 반색하며 신성을 바라보았다. 둘 다 루나를 신경 쓰느라 고생이 많았던 것 같았다. 루나는 어쨌든 지금 제일 중요한 위치에 있었으니 말이다. 이대로 성장한다면 조만간 지구를 다스릴 주신이 될 수도 있었다.

"오랜만이야. 고생이 많아 보이네."

"고생이랄 것까지는 없습니다만……."

김갑진은 그렇게 말하다가 신성의 뒤에서 나타난 릴리스를 보고 흠칫했다.

"마, 마왕?! 어째서 여기에!"

"마, 마왕 릴리스!"

김갑진과 에르소나가 릴리스를 알아보았다. 신성은 그 모습이 의외였다. 신성은 몰랐지만 김갑진과 에르소나가 수행했던 길드 퀘스트에서 릴리스의 모습이 등장했었다.

대단히 어려운 최상급 길드 퀘스트를 수행할 때 등장한 릴리스는 대단히 압도적인 모습을 자랑해 길드 사이에서 화제가 되었었다.

비밀스럽게 진행한 퀘스트였기에 정보는 공개가 되지 않았기에 대부분 모르는 상태였다. 신성은 그때 열렙 중이라 정신이 없어 그런 정보 따위는 신경도 쓰지 않았었다.

"그렇다! 내가 바로 용마왕이다! 겁먹었는가?"

꼬치를 들고 말하는 모습은 위엄이 전혀 없었다. 입에 잔뜩 꼬치의 소스를 묻히고 있었다. 그럼에도 불구하고 에르소나와 김갑진은 식은땀을 흘리며 릴리스를 경계했다.

"괜찮아. 지금은 내 부하야."

"네?"

"그게 무슨……."

신성이 그렇게 말하자 에르소나와 김갑진이 도저히 이해가 되지 않는다는 눈으로 신성을 바라보았다.

"운이 좋았지."

신성의 운이 좋았다는 말은 언제 들어도 믿어지지 않았다.

에르소나와 김갑진은 한동안 패닉 상태에 빠졌다. 다른 누구도 아니고 서열 13위의 마왕을 권속으로 만들었으니 당연했다. 루나가 신성에게 달려와 안기는 순간까지도 김갑진은 얼이 빠져 있었다.

신성이 서로를 소개해 주지 않았음에도 루나와 릴리스는 순식간에 친해졌다. 신성의 예상대로 성격이 대단히 잘 맞았다. 릴리스는 마치 여동생처럼 루나를 졸졸 따라다녔다. 오두막에 마련되어 있는 루나의 서재에 들어간 순간 릴리스는 새로운 세계를 경험했다.

신성은 김갑진과 에르소나와 회의를 진행했다.

"세이프리는 괜찮나?"

"괜찮습니다. 루나 님이 장기간 자리를 비워서 제가 서류를 모두 다 처리하고 있는 것만 빼고는요."

김갑진은 서류에 파묻혀 지내고 있었다. 루나를 데려가고 싶어 했지만 계속해서 실패하는 모양이었다.

에르소나가 불쌍하다는 눈빛으로 김갑진을 바라보고 있었다. 에르소나는 어비스에서 나름 보람찬 시간을 보내고 있었기 때문에 김갑진이 더 불쌍해졌다.

"적당히 처리하도록 해. 너도 후임을 만들면 되잖아?"

"그렇군요. 기왕 이렇게 된 거 추기경을 선발해 서류를 다 넘기고 저도 이쪽으로 넘어와야겠습니다."

김갑진의 눈빛에 활력이 깃들었다. 신성은 살짝 웃고는 에르소나를 바라보았다.

"에르소나, 광산 쪽 진행 상황은 어때?"

"기초적인 시설들은 모두 자리를 잡았습니다. 사람들도 대거 몰려들고 있으니 금세 도시 규모로 성장할 것 같습니다. 부활석도 모두 설치되어서 좀 더 과감한 성장이 가능합니다."

무난하게 성장하고 있었다.

신성은 에르소나와 김갑진에게 거인족에서 있었던 일들을 말해주었다. 김갑진과 에르소나는 신성의 사악함에 몸을 흠칫 떨었다.

거인족과 마족들의 평화 협상을 방해하고 전쟁 상태로 만들었고 게다가 거인족 백성들마저 빼내려 하고 있었다. 식량과 무기를 제공한다지만 장기적으로 생각해 보면 드래고니아에 이득이 훨씬 많은 일이었다.

"중간에 식량의 가격을 팍 올려 버리면 훨씬 재밌어지겠지."

"사악하군요. 그렇지만 좋은 방법입니다. 식량이 무기가 되겠지요."

신성의 말에 김갑진이 미소를 지으며 말했다.

일단 저렴하게 제공해 줘서 전적으로 신성에게 식량을 의

존하도록 만들 생각이었다. 그러다가 전쟁이 심해질 때 값을 몇 배 이상 올려 버리게 되면 간이고 쓸개고 다 내줘야 할 것이다.

"마족과 거인족의 전력이 약해졌을 때 둘 다 먹어버리면 되겠군요."

"그래, 전쟁을 아주 크게 만들 생각이야."

김갑진의 말에 신성이 그렇게 대답했다.

신성이 거인족의 총사령관이니 그럴 능력이 있었다.

마족과의 전쟁은 신성의 레벨을 아주 많이 올려줄 것이다.

식량은 세이프리에서 준비하기로 했고 무기는 카록을 통해 만들기로 했다.

에르소나와 김갑진은 앞으로의 일들에 관해 이야기를 나누었다. 김갑진은 이참에 어비스에 눌러앉을 생각인지 세이프리에 연락을 하고는 자신을 따라온 신관들을 돌려보냈다. 지금 추기경으로 선발되었다고 통보를 받은 신관들은 서류의 파도 속에서 비명을 지르고 있을 것이다.

어쨌든 신성은 김갑진의 어비스에 있겠다는 말에 든든했다.

꽤 회의가 길어졌다. 마력 엔진을 장착한 현대 기계를 도입하는 일과 일반인을 받아들이는 일도 자세히 검토해야 했다. 김갑진과 에르소나가 곁에 있으니 신성이 미처 신경 쓰지 못했던 일까지 단번에 해결되었다.

회의를 끝내고 신성이 오두막 밖으로 나오자 루나가 낚싯대를 들고 있는 것이 보였다. 릴리스가 든 바구니에 물고기가 잔뜩 담겨 있었다.

"루나 님, 루나 님! 이건 어떻게 먹을 건가?"

"찜 요리를 할 거야."

"와아! 찜인가! 루나 님, 최고야!"

신성을 발견한 루나가 신성에게 다가왔다.

"릴리스가 호수에 전기를 풀어서 물고기를 잔뜩 잡았어요. 낚시할 필요가 없었어요."

"그거 불법 아닌가?"

"네? 불법이요?"

"아냐. 많이 잡으면 좋지. 잘했어."

낚시를 하면 한 마리를 겨우 잡는 루나였다.

한 마리도 못 잡은 날이면 시무룩해져서 신성이 루나를 위로해줘야만 했다. 루나는 처음으로 바구니에 물고기가 가득 담기니 기분이 대단히 좋은 모양이었다.

드래고니아의 동식물들은 모두 번식이 엄청 빠르니 대량으로 잡아도 전혀 문제가 없었다.

"루나, 그로라를 알아?"

"그로라요? 알고 있어요. 백성을 생각하는 착한 아가씨예요! 제가 이것저것 알려줬어요. 그런데… 최근에는 무척이나 슬퍼 보였어요."

"그로라가 오면 잘 설득해 줘. 이곳에 정착하도록 말이야."

루나는 웃으며 고개를 끄덕였다. 그로라가 있다면 거인족들이 드래고니아에 정착하는 것에 큰 도움이 될 것이다.

"루나 님! 빨리 요리하자!"

"응!"

릴리스는 루나에게 완전히 반해 버린 것 같았다. 루나를 서열 1위의 드래곤 나이트로 인정하고 있었다.

'다시 호칸으로 돌아가야겠군.'

이제 본격적으로 꿀 빨 일만 남았다. 거인족과 마족에게는 지옥이 펼쳐질 것이다.

CHAPTER 7
꿀맛I

신성은 쉼터에서 오랜만에 즐거운 시간을 보냈다.

드래고니아는 지구에 있었던 모든 세력이 협동 체제를 이루었기 때문에 골치 아픈 싸움은 존재하지 않았다. 신성이 주관하고 있어 문제가 생기면 바로 드래고니아 밖으로 쫓겨나기 때문이다.

모두가 조심할 만큼 드래고니아는 아주 많은 것을 가지고 있었다. 앞으로 생겨날 잠재력 역시 다른 대도시들을 합친 것보다 클 것이다. 신성은 소도시들의 참가도 독려했기에 드래고니아의 인구는 나날이 늘어가고 있었다.

아직 귀화 정책에 대해 발표하지 않았지만 그것을 기다리고 있는 아르케디아인들이 많았다.

신성은 오두막 앞 정원에 놓여 있는 흔들의자에 앉아 영지 관리창을 보고 있었다. 하피의 영역이 추가되어 있었는데 영지 관리와 신전 관리를 연동하여 계시 형태로 명령을 내릴 수 있었다.

신성은 하피들을 전략적으로 배치했다. 하피들을 폭격기처럼 이용할 수 있을 것 같았다. 하피들에게 무기를 준다면 어떻게 될까?

아마 어비스의 끔찍한 마물로 불리게 될 것이다.

업무를 끝낸 에르소나가 뜨거운 엘프차가 든 잔을 들고는 밖으로 나왔다.

그녀는 쉼터에 마련되어 있는 숙소에서 지내고 있었는데 에르소나를 돕는 하이엘프들도 그곳에서 지냈다. 다른 엘프들은 대부분 광산 근처에 자리 잡은 마을에 모여 있었다. 꽤 좋은 곳에 자리를 선점해서 그곳에 마을을 꾸린 것이다.

엘프들을 여러모로 배려를 해주니 신성의 인기는 엘레나를 가볍게 능가할 정도였다. 신성을 믿는 엘프들도 상당히 많아 시키지 않았음에도 신전이 세워질 정도였다.

신성과 에르소나는 잠시 쉼터를 바라보았다.

밤의 전경은 따뜻했다. 쉼터라는 말과 어울리게 모두가 휴식을 취할 수 있는 공간이 되어주고 있었다. 몬스터, 아르케디아인들은 그 속에서 어떠한 차별 없이 모두 평온한 마음으로 하루를 끝내고 있었다.

빵 굽는 냄새와 화덕에서 올라오는 연기, 하늘 위로 보이는 지구와 별들, 그리고 아주 밝은 빛을 내뿜고 있는 루나. 모두가 환상적으로 어울렸다. 신성은 어쩌면 이러한 광경을 보기 위해 게임을 해온 것인지도 몰랐다.

드래고니아에는 할머니와 함께했던 황금 들판이 담겨 있었다.

"어비스… 이곳에서는 성향 하락도 심하지 않아서 늘 싸움이 일어나곤 했지요."

"그래, 난장판이었지."

"그런데, 이곳이 지구보다 더 평화롭군요. 신기합니다."

에르소나도 감상에 젖어 있었다. 지구에서 있었던 규칙이 사라진 이곳은 아르케디아와 가장 흡사했다. 자신의 본모습이 거침없이 나올 수 있는 곳이었다.

신성이 조용히 미소를 짓고 있을 때였다.

"꺄아악!"

릴리스가 비명을 지르며 뛰어나왔다. 알몸으로 온몸에 거품을 가득 묻히고 있었다. 도망치는 그녀를 쫓는 것은 루나였다. 루나 역시 릴리스와 같은 모습이었다.

그 모습에 에르소나는 손에 든 잔을 떨어뜨렸다. 오두막 주변에 아무도 없는 것이 정말 다행이었다.

"뿔은 닦으면 안 돼!"

"왜? 왜 안 돼?"

"닳아 없어져!"

정원을 뛰어다니며 실랑이 중이었다. 릴리스는 뿔을 보호하기 위해 두 손으로 뿔을 꼭 잡고 있었다.

에르소나는 머리가 아픈지 이마를 부여잡으며 한숨을 내쉬었다. 눈이 즐겁기는 했지만 저대로 둘 수는 없었다.

신성은 도망치려는 릴리스를 바라보며 입을 떼었다.

[멈춰.]

릴리스의 몸이 그대로 굳어버렸다. 릴리스가 눈동자를 굴려 신성을 바라보았다. 세상이 무너진 듯한 표정이 되었다. 루나가 신성에게 손을 흔들어주고는 릴리스를 들고 다시 온천탕으로 사라졌다.

"그래도… 다른 희생양이 생겨서 다행입니다. 마왕치고는 바보 같군요. 아르케디아 온라인과는 완전히 다릅니다."

에르소나도 나름대로 고생이 심했던 것 같았다.

"드래곤 나이트로 만들 때 영혼을 교환하면서 생긴 부작용일까? 워낙 신체 상태가 엉망이어서 조금 많이 섞여 들어간 모양이야."

"그렇다면 당신을 닮아 그런 것이군요."

"독설은 여전하군. 어때? 너도 드래곤 나이트가 되어 볼 생각이 없나? 상위 종족인 하이엘프가 드래곤 나이트가 된다면 릴리스처럼 최상위 종족이 될 수도 있을 텐데."

"없습니다."

에르소나는 단호했다.

신성은 그럴 줄 알았다는 듯 웃고는 고개를 끄덕였다.

"뭐, 아무튼 밝은 모습이 좋잖아. 루나도 세이프리에서 꽤 답답했던 모양이야."

"요즘 신관들의 신성력도 많이 늘어났다고 하더군요."

아무튼 이런저런 소란이 있었기는 했지만 포근한 밤이 지나갔다.

신성은 다음 날 드래곤 마운틴 쪽으로 향했다.

부활석이 세워지고 마법사들이 마력 엔진을 설치하자 드래고니아의 주요 지역에서는 아르케넷을 통한 통신이 가능하게 되었다.

신성이 구상했던 악신의 성이 어느 정도 완성되었다는 연락이 왔다. 호칸으로 가기 전에 들려보는 것이 좋을 것 같았다.

영지 관리 메뉴를 통해 설계도만 전송해 놓고 있었을 뿐인

데 카록이 그것을 보고 공사에 들어갔던 것이다. 카록과 오우
거들은 의욕이 매우 넘치고 있어 공사를 진행하는 데 있어 죽
음을 불사했다. 실제로 오우거 몇몇이 무리하게 공사를 진행
하다가 사망하기도 했다고 한다. 다행히 부활석이 있어 부활
했지만 말이다.

오우거들와 드워프들이 다 달라붙었고 풍부한 자원이 넘치
는 까닭에 공사는 대단히 빠르게 진행되었다. 이미 광산 쪽
개발은 완료되었고 도시는 몰려온 사람들에 의해 알아서 개
발되는 있는 중이었다.

신성은 마차를 타고 드래곤 마운틴으로 향했다.

드래곤 마운틴으로 향하는 길에는 루나와 릴리스, 김갑진
이 따라왔다. 에르소나는 모두가 신성을 따라가자 그녀답지
않게 미소를 지으며 배웅까지 해주었다. 조용한 시간을 보낼
수 있는 것이 대단히 좋은 모양이었다. 사소한 것에 행복을
느끼기 시작한 에르소나였다.

드래곤 마운틴으로 가는 길은 평온했다. 드래고니아 안에
서 위협적인 몬스터는 존재할 수가 없었다. 드래고니아 밖에
는 득실거렸지만 안으로 들어오려고 하면 주변에 기거하고 있
는 드래고니아의 인원들이 출동해서 토벌했다.

거기에 태풍과 번개 구름까지 있으니 오히려 아르케디아인
들과 몬스터들이 파티를 맺어 외부의 몬스터를 처리하는 중

이었다. 당연히 그들의 평균 레벨은 계속해서 오르고 있었다.

"흐웅? 갑진! 저것은 무엇이냐?"

"나도 모릅니다."

"흐음, 어리석은 자로군. 상관의 질문에 대답하지 못하다니."

"네가 왜 내 상관입니까?"

릴리스와 김갑진은 티격태격했다.

"네가 악신의 부하이니 서열 2위인 나의 부하와 마찬가지다."

"거참 말도 안 되는 말을 하시는군요. 이거나 먹고 조용히 하십시오."

갑진이 인벤토리에서 빵을 꺼내 릴리스의 입에 쑤셔 넣었다. 릴리스는 그것을 또 좋다고 우물우물 먹고 있었다.

루나는 신성의 옆에서 도시락을 까고는 신성과 오붓하게 시간을 보냈다.

"도착했습니다!"

쉼터의 경비대장인 리자드맨 카반이 마차를 끌고 있었다. 카반은 신성을 모시는 것을 대단한 자랑으로 생각하고 있었다. 습지가 줄어들어 멸종을 앞둔 리자드맨에게 신성은 그야말로 구세주나 마찬가지였다. 신성은 리자드맨의 전투력을 높게 평가해 주둔시키고 있는 것이지만 말이다.

마차 밖으로 내려 도시의 모습을 바라보았다. 신성은 육안으로는 처음으로 도시를 볼 수 있었다.

"대단한데? 벌써 이렇게나 만들어졌다니……."

신성의 입에서 그런 말이 절로 나왔다. 김갑진과 릴리스 그리고 루나도 감탄했다.

공사가 들어간 지 얼마 되지도 않았는데 벌써 도시의 형태를 갖추고 있었다. 드워프들이 가지고 온 설계도와 오우거의 힘과 기술력이 합쳐지니 하루가 달리 성장하고 있었다.

너무나 새하얀 돌들로 만든 건물들은 멀리서도 눈에 띄었다. 드래곤 마운틴에서 채취한 돌은 햇빛에 노출되면 마력이 날아가며 새하얗게 변했다. 그러한 과정에서 대단히 단단해지니 최고의 재료였다.

오우거와 드워프들, 그리고 이주해온 아르케디아인들은 그런 재료를 가지고 도시의 기틀을 완벽하게 다져 놓았다.

아직 내부에는 건물이 세워지는 중이었지만 도시의 웅장함은 미리 경험할 수 있었다.

길게 뻗어 있는 드래곤 마운틴과 무척이나 잘 어울렸다. 드래곤 마운틴은 대단히 높아 이제 꼭대기에는 만년설이 자리 잡고 있었다.

화이트 드래곤.

모두가 이 도시를 그렇게 불렀다.

"마계에 있는 내 성보다 멋지구나. 지금은 배신자들의 수중에 떨어졌겠지만 말이야."

릴리스의 말이 들려왔다.

자세한 이야기를 듣지 않았지만 릴리스는 다른 마왕들의 계략으로 인해 영지를 잃고 어비스로 가져온 모든 것을 빼앗긴 모양이었다. 게다가 뿔도 빼앗겨서 서열이 뒤바뀌었을 것이라 한다.

지금이야 소녀 같은 모습을 보여주고 있었지만 그녀의 진면목은 그것이 아니었다. 그녀가 가지고 있는 증오가 얼마나 대단한지 신성은 알고 있었다.

신성에게 들어온 그녀의 영혼 안에는 잔인하고 차가운 부분이 분명히 존재했다.

'마왕의 뿔을 잘라서 릴리스에게 줘야겠군.'

드래곤인 자신에게는 그저 재료일 뿐이지만 릴리스에게 준다면 그녀를 빠르게 성장시킬 수 있을 것 같았다. 그렇게 된다면 대단히 승차감이 좋은 택시가 탄생하게 될 것이다.

신성이 도시로 다가가자 도시의 외벽에 만들어진 성문이 보였다. 성문을 지키고 있던 오우거는 신성의 모습을 보자마자 바로 열어주었다.

"와! 대단해요. 드래고니아로 들어온 모두가 여기에 있었군요!"

"쉼터도 많았지만 여기는 비교가 안 되는군요. 듣던 것보다 훨씬 대단합니다. 지구의 주요 길드들이 전부 있군요."

루나와 김갑진이 성문 안으로 드러난 도시를 보며 그렇게 말했다. 각 대도시의 세력들과 몬스터들이 모여 도시를 만들어가고 있었다. 모두 땀에 흠뻑 젖어 있었지만, 표정은 밝았다. 무역하러 온 상인들과 언쟁을 높이며 싸우다가도 금방 거래가 성사되어 웃는 낯으로 헤어졌다.

신성에게 아주 많은 세금을 내고 있지만, 그것을 부담해도 큰 이윤을 남길 수 있으니 아쉬운 소리를 하는 이들은 없었다. 여기서 신성을 욕했다가는 바로 벼락을 맞거나 쫓겨나게 된다.

오우거들이 각종 보석을 가득 담긴 바구니를 등에 메고 있는 것이 보였다. 광산에서 채취해 온 보석이었다. 품질이 모두 너무 좋아 오우거를 보자마자 상인들이 몰려들었다.

지구의 기업들을 대표해 온 일반인들도 입찰 경쟁에 뛰어들고 있었다.

고급스러운 옷을 입은 카록이 허겁지겁 달려왔다. 누더기를 입고 있던 예전과 너무나 달라져 있었다.

"큰 형님! 반갑다!"

"수고하는군."

김갑진은 카록의 모습을 보고 놀란 표정이 되었다. 릴리스가 그것을 보더니 김갑진의 옆구리를 팔꿈치로 쳐다.

"겁먹었구나!"

"누가 겁을 먹었다고 그럽니까?"

"걱정마라. 내가 지켜주마."

"저한테 신경 끄십시오."

"나는 내 수하를 외면하지 않지."

릴리스가 달라붙자 김갑진은 기겁하며 피하고 있었다. 루나는 흐뭇하게 그 광경을 바라볼 뿐이었다.

'마왕과 교황이라… 재미있는 조합이군.'

최악의 상성이지만 의외로 괜찮은 조합일 것 같았다. 김갑진 입장에서 루나를 보좌하는 것보다 몇 배는 더 힘들기는 하겠지만 말이다.

"악신의 성으로 안내해 줘."

"알았다! 엄청나게 공들였다! 마음에 들 것이다!"

카록은 자부심이 철철 넘치는 모습으로 말했다.

악신의 성은 도시의 중앙에 있었다.

도시의 중심부는 아직 한창 공사 중이었는데 대단한 건물들이 들어서고 있었다. 드워프들이 혼을 바쳐 설계한 건물들이었다. 자신의 역량을 마음껏 펼칠 수 있는 땅과 자원이 있으니 드워프들은 모두 봉인 해제가 되어 밤낮없이 일하고 있었다.

악신의 성이 보였다.

악신의 성이라기보다는 천상의 성 같은 느낌이었다.

대단히 높았고 웅장했다. 하얀 외벽은 너무나 아름다웠고 미스릴로 만들어진 동상까지 있었다.

김갑진이 미스릴 동상을 보는 순간 몸을 덜덜 떨었다.

"미, 미스릴?"

"음, 지하에 있던 미스릴이 대량으로 분출되었다! 양이 꽤 많아서 시험 삼아 만들어보았다!"

그 값비싼 미스릴을 악신의 성을 꾸미는데 쓴 것이다. 김갑진은 기절하는 사태까지 갔지만, 신성은 꽤 마음에 들었다. 자신의 성이라면 이 정도는 되어야 한다고 생각했다.

"아름답네요."

"그렇지?"

"네! 천계의 성보다 아름다워요."

그러나 아직 완공되지 않은 상태였다.

[96% 공사 진행 중(마무리 작업)]
[악신의 권능을 이용하여 진행 상태를 가속할 수 있습니다.]

신성은 마력을 일으키며 손을 뻗었다. 그러자 마력이 빨려 나가며 악신의 성에 깃들기 시작했다. 주변에 놓여 있던 재료들이 악신의 성에 빨려 들어가더니 퍼즐이 제자리를 찾아가듯 맞춰졌다.

"저도 도울게요!"

루나의 신성력이 더해졌다. 루나의 힘이 더해지자 공정은 더욱 가속되어 악신의 성이 완공되었다. 마무리 작업이었기에 권능을 이용하여 쉽게 끝낼 수 있었다.

[악신의 성이 완공되었습니다.]

[지하 감옥과 지하 감옥의 관리원들, 징벌의 포로들이 악신의 성에 전송됩니다.]

[드래고니아에 악신의 성 특성이 추가되었습니다.]

도시 특성

[S]악신의 성

드래고니아 전체에 암흑 마력이 공급된다. 암흑 마력은 마법의 위력을 더욱 강하게 만들고 침입자들에게 치명적인 질병을 부여한다.

드래고니아의 영향권 내에 나타난 부정한 영혼은 악신의 성으로 회수되며 악신의 성은 부정한 영혼을 정화해 영혼력을 공급할 수 있다.

악신의 성에서 새로운 종족(상위 종족)으로 변모할 수 있다. 악신의 신도, 루나교의 신도만이 가능하며 높은 레벨과 깊은 신앙심이 필요하다.

*새로운 종족 '마인'이 개방되었습니다.

(휴먼 각성 가능)

*새로운 종족 '마수'가 개방되었습니다.

(드워프, 수인족 각성 가능)

*새로운 종족 '요마'가 개방되었습니다.

(엘프, 다크엘프, 페어리 각성 가능)

악신의 성에서 뿜어져 나온 마력이 드래고니아 전체로 퍼져 나갔다. 새로운 상위 종족으로 각성할 수 있으니 악신의 신도와 루나교의 신도들에게 좋은 목표가 되어줄 것이다.

신성은 악신의 성 관리자로 릴리스를 임명했고 김갑진이 총책임자가 되었다. 두 직급의 순위는 모호해서 누가 위인지 확실하게 정해주지는 않았다. 릴리스의 모자란 부분을 김갑진이 철저하게 보충해 줄 터이니 둘의 호흡이 꽤 기대되었다.

"저는 이곳에서 군대를 양성하면 되겠군요. 신전에서 기도하는 생활보다는 재미있을 것 같습니다."

김갑진의 얼굴에 사악한 미소가 걸렸다.

악신의 성을 중심으로 마계로 쳐들어갈 군대가 만들어질 것이다. 영혼력으로 탄생한 악신의 군대는 마족이라 할지라도 결코 얕잡아 볼 수 없었다.

"저는 뭘 하면 될까요?"

"음? 아! 그렇지."

루나 역시 의욕으로 불타오르고 있었다.

"전에 계시 시스템에서 커스텀마이징을 했던 것, 기억해?"

"네! 꽤 무서운 모습이었죠."

"그걸 이용해서 할 일이 있어."

쿤타와 거래를 할 때 써먹으면 재미있을 것 같았다.

질질 짜는 쿤타의 모습이 기대되었다.

*   *   *

그로라는 감옥에 갇혀서 치욕스러운 나날을 보내고 있었다. 대족장이 된 쿤타의 전사들이 그녀에게 침을 뱉으며 온갖 모욕을 퍼부었다.

그것보다 괴로운 것은 쿤타가 백성들을 팔아버리려고 백성들을 끌어 모으고 있다는 소문 때문이었다. 간수가 흘린 말을 들은 것이었는데 그것을 듣는 순간 무언가 잘못되고 있음을 깨달았다.

"하하하! 꼴좋군!"

쿤타는 술에 얼큰하게 취해 그녀의 앞에 서 있었다. 철창 너머로 그로라의 바라보는 쿤타의 얼굴은 쾌감으로 가득했다.

그녀가 앞으로 처할 운명에 대해 아주 자세히 알려주었다.

"네년과 네년의 부하들은 하피들에게 뜯어먹힐 거야. 하피들은 살아 있는 채로 먹는 것을 좋아하지. 아주 고통스럽게 천천히 죽어갈 거야."

"…백성들을 정말 식량과 무기 따위와 바꿀 생각인가?"

"네년 걱정만 하는 것이 좋을 텐데?"

"그것만은 해서는 안 돼! 쿤타, 너는… 그 룬이라는 자를 너무 믿고 있어!"

쿤타는 그로라를 비웃었다.

"네년이 아무리 머리를 굴려봤자 살아날 구멍은 없다. 너무 기대되는군. 하하하!"

그로라의 표정이 절망으로 물들었다. 쿤타는 이미 욕망에 눈이 멀었다. 거인족의 백성을 팔아버릴 정도로 말이다.

그로라는 두 눈을 감으며 루나에게 기도했다.

루나는 그럴 때마다 지혜와 용기를 주었기 때문이다.

악신의 성은 드래곤 레어와 연동이 되어 있었다. 드래곤 상점에서 전송진을 살 수 있었는데 세이프리에 있는 드래곤 레어와 연결되는 포탈을 만들 수 있었다.

시차가 존재했고 드래곤 레어에 있는 것들에 한해서는 이동의 제한이 없어 대단히 편리했다. 이동해 오는 시간은 하루가

걸렸는데 그 기간 동안은 전송진이 활성화되어 있어 이용할
수 없었다.

릴리스는 마치 자신이 성주가 된 것처럼 대단히 만족해했
다. 김갑진을 끌고 다니는 모습은 어엿한 폭군이었다. 김갑진
의 원망스러운 눈빛을 감당해야 했지만 드래곤의 의지로 이겨
낸 신성이었다.

"오늘 밤은 같이 성에서 보내는 거죠?"

"그래, 내일 아침에는 출발해야겠지만……."

"아쉽네요. 벌써……."

신성은 악신의 성 꼭대기에 마련되어 있는 방에서 루나와
시간을 보내고 있었다. 릴리스가 몇 번 쳐들어왔지만 할 일이
떠올랐다며 의욕이 넘치더니 어디론가 사라졌다. 신성은 아마
영혼력으로 몬스터를 만드는 일이라고 추측할 뿐이다.

드워프들은 친절하게도 최고급 침대와 가구들을 이미 배치
해 놓았다.

둘이 아무 말 없이 서로를 바라보는 순간이었다.

"앗! 그로라한테 연락이 왔어요. 지금 간절히 소원을 빌고
있어요."

루나의 앞에 창이 떠올랐다.

신성이 옆에서 확인해 보니 자신의 목숨은 괜찮으니 백성
들을 구해달라는 소원이 적혀 있었다. 자신의 고통을 대가로

바친다고 하고 있었는데 루나는 그로라의 그런 마음에 감동하며 눈물을 글썽였다.

"이번에는 내가 갈게. 꿈속으로 연결할 수 있지?"

"네. 계시를 사용하면 꿈속으로 들어갈 수 있어요."

루나가 창을 손가락으로 가리키며 친절하게 설명해 주었다. 꿈에 들어가기 위해서는 신성력, 또는 신앙심(마력 코인)으로 아바타를 구축해야 했다.

아바타는 디아나가 디자인한 아주 멋진 해골이 있으니 그걸로 쓰기로 했다.

붉은 안광을 발하는 해골에서는 검은 안개가 계속해서 뿜어져 나오고 있었고 거대한 지네들이 해골의 뼈를 지나다니고 있었다. 목소리 역시 대단히 사악했다.

무시무시한 악신의 모습을 보여주기에 적합했다.

그냥 저장만 되어 있고 이용되지 않고 있었는데 루나가 주로 애용하는 아바타는 빛의 형상이나 귀여운 동물의 모습이었다. 그로라의 꿈속에 들어갈 때는 하얀 비둘기 형상으로 갔다고 한다.

"너무 심하게 하지 마요. 착한 아이예요."

"알았어. 적당히 설득할게."

협박을 할 수 있었지만, 루나가 부탁하니 얌전히 설득하기로 했다.

신성은 아바타를 설정한 후 그로라의 꿈속으로 들어갔다. 처음 하는 일이었지만 루나의 도움으로 무사히 들어올 수 있었다. 루나는 신성의 반려신이었기에 루나교의 신도에게 신성 역시 영향력을 미칠 수 있었다.

꿈속의 공간은 황량했다. 그로라의 현재 마음 상태를 보여 주었다. 슬픔만이 가득한 그녀의 마음은 시들어가고 있었다.

그로라가 무릎을 꿇고 있는 것이 보였다. 신성으로부터 뿜어져 나오는 어둠의 기류가 보이자 그로라는 화들짝 놀라며 고개를 들었다.

"허억!"

어둠이 몰려오고 있었다. 메마른 대지를 녹여 없애는 어둠은 그로라의 마음에 두려움을 일으켰다.

그런 어둠을 가르며 등장한 것은 거대한 해골이었다. 왕관을 쓰고 있는 해골의 눈에서는 붉은 안광만이 보일 뿐이었다.

[그로라. 거인족의 여인이여.]

신성의 말이 울려 퍼지자 그로라의 몸이 떨렸다. 악몽이라고 생각했지만 너무나 생생해 이것이 단순한 꿈이 아닌 것을 깨달았기 때문이다.

"다, 당신은……."

루나를 자연스럽게 알아본 것처럼 그로라는 저 존재가 초원에 재앙을 내린 악신이라는 것을 알 수 있었다.

쿤타가 저 악신의 부족에게 백성들을 제물로 바치려고 하고 있었다. 수십만에 달하는 백성이 희생되어 사라질지도 몰랐다.

그로라는 다급해졌다.

[백성들을 구하고 싶나?]

"그렇습니다. 무엇이든 할 테니 제발… 그들을 데려가지 마시옵소서."

[어리석군. 남아 있는다고 달라질 것이 있는가? 어차피 다 굶어죽어 사라질 텐데 말이야.]

그로라는 대답하지 못했다.

많은 거인족 백성들은 마족과 전쟁을 하지 않았어도 겨울을 넘기지 못하고 추위와 기아에 떨다가 죽었을 것이다.

지금은 전쟁을 앞둔 상황이니 백성들은 회복할 힘조차 쌓지 못해 죽어갈 것이고 또 마족에 의해 학살당할 것이 분명했다.

침입해 온 마족들은 모두가 전투 병력이었지만 거인족은 거인족 전사들을 제외하고는 인구의 대부분이 비전투 인원이었다.

마족과의 평화협정도 현상을 유지하는 것에 지나지 않았다. 그로라는 언젠가 마족이 그들이 원하는 목표를 이루게 되면 다시 쳐들어올 것이라 예상했다.

일단 마족과의 협상으로 시간을 번 다음, 자신이 대족장이 되어 어떻게든 막아보려 한 것이다.

"악신이시여. 제가 어떻게 하면 되겠습니까? 저에게 바라는 것이 무엇입니까?"

[나를 위해 일하라. 그렇게 한다면 너와 네 백성은 추위에 떨지 않을 것이며 굶지도 않을 것이다. 풍족하게 살아갈 기회를 주겠다.]

신성의 말에 그로라가 몸을 떨었다.

그로라는 어려서부터 거인족들이 동사하고 굶어 죽는 것을 봐왔다. 가장 친했던 거인족 친구가 병에 걸려 죽었을 때 거인족을 바꾸겠다고 결심했다. 그러나 현실적인 문제는 그렇게 만만치 않았다. 대족장이 된다고 하더라도 머리가 굳은 집권 세력이 있는 한 개혁은 힘들었다. 심지어 그로라의 직속 부하들 중에도 개혁에는 반대하는 이들도 있었다.

그녀는 선택할 처지가 아니었다.

"그렇게 된다면… 제 모든 것을 바치겠습니다."

신성은 그녀의 대답이 만족스러웠다. 본래는 거인족과 마족들을 충돌시켜 모조리 몰살시킬 생각이었지만, 그것보다 훨씬 많은 이득을 챙길 수 있게 되었다. 모두 루나의 선함 덕분이라고 할 수 있었다.

신성은 단지 그 선함을 이득으로 만든 악신일 뿐이었다.

'그녀가 있으면 거인족들도 잘 적응하겠지.'

그로라는 이주해온 거인족들을 잘 이끌어 줄 것이다. 중심점이 있는 것과 없는 것은 아주 큰 차이가 났다.

[그로라가 당신을 두려워하지만 믿기 시작합니다.]

그로라는 마음이 편해진 듯했다. 신성에 대한 두려움은 남아 있었지만 그 두려움은 자신의 목숨이 아니라 백성들의 안위를 걱정하는 것에서 나오는 것이었다.

신성이 보기에는 성군이 될 자질이 있었다.

그로라가 깊게 고개를 숙였다. 신성은 그녀를 바라보다가 꿈속에서 나왔다.

"으, 음. 조금 어지럽군."

"그렇죠?"

"조만간 그로라가 올 거야. 정착할 수 있게 도와줘."

"네! 제가 잘 보살펴 줄게요! 제 신도이기도 하니까요. 그리고 부탁하신 일도 잘해볼게요!"

신성은 흐뭇한 표정으로 루나를 바라보았다. 신성은 중간에 릴리스의 방해가 있었지만 루나와 오붓한 시간을 보냈다.

신성은 호칸으로 돌아왔다. 얼마간 더 화이트 드래곤에 머무르고 싶었지만 전쟁을 앞둔 만큼 일은 빠르게 처리하는 것이 좋았다. 그로라의 체력도 한계에 가까워졌으니 일을 빨리 진행하기로 했다. 신성은 식량들을 가득 들고 돌아왔는데 쿤타가 그것을 보고 매우 흡족해했다.

"준비는 되었나?"

"물론이다! 5천 정도 준비했다네."

"그 정도라면 첫 교역치고는 괜찮은 숫자로군."

호칸에 묶여 있는 거인족 백성들이 보였다. 그들은 두려움에 떨고 있었다. 자신들이 어떤 처지인지 알고 있었기 때문이다.

쿤타는 신성이 돌아오자 바로 연회를 열었다. 연회는 현재 거인족의 수준에서 사치에 가까웠지만 모두 그것 따위는 걱정하지 않았다. 대단히 단순한 생각만을 가지고 있었다. 사냥과 약탈만으로 살아온 그들에게 너무 많은 것을 기대한 것인지도 몰랐다.

'무기를 받으면 전투력이 꽤 올라가겠지.'

마족의 강함을 직접 겪어볼 기회였다.

신성은 연회에 참여하며 쿤타에게서 얻은 열쇠를 이용할 수 있는 곳을 찾아보았다. 중앙 궁 밑에 있었는데 꽤 깊은 곳에 있어 지금 갈 만한 곳은 아니었다. 어차피 호칸은 자신의 것으로 생각하고 있었기에 신성은 서두르지 않았다.

다음 날 오후가 되어서야 쿤타와 신성은 호칸 밖으로 나왔다. 수많은 전사가 신성을 따르고 있었고 그 뒤로 그로라와 그녀의 부하들, 그리고 백성들이 끌려가고 있었다.

그로라의 부하였던 자들은 대부분 쿤타에게 항복했고 삼백 명 정도의 전사들만이 그로라와 운명을 함께했다.

쿤타는 한가롭게 마차에서 고기를 뜯어먹으며 협곡을 향했다. 마차 안에는 쿤타와 그의 시녀들이 같이 타고 있었는데 신성은 마차에 타지 않고 말에 올라 전사들을 지휘하고 있었다.

대족장이 된 쿤타는 사치와 향락에 빠져 노는 것에만 몰두했다. 신성과 자신의 직속 부하들에게 대부분 부족 운영을 맡긴 상태였다.

협곡에 도착했다. 쿤타는 마차에서 내리며 크게 웃었다. 드디어 그로라의 처참한 최후를 볼 수 있게 되어 날아갈 듯 기뻤기 때문이다. 쿤타가 행한 구타에도 그로라는 신음 한 번 흘리지 않았다. 쿤타는 그로라의 비명을 꼭 듣고 싶었다.

그로라와 그녀의 전사들을 협곡 끝에 세워놓았다. 잠시 후 검은 구름이 밀려오는 것이 보였다.

"하, 하피들입니다!"

"어, 엄청 많습니다!"

쿤타의 안색이 창백해졌다. 쿤타는 다급히 신성을 바라보았다.

"괜찮다. 악신께서 우리를 보호해 주실 것이다. 악신께 바칠 제물도 있지 않은가."

"그, 그렇다! 우리는 악신에게 바칠 놈들을 가지고 있다! 겁먹지 마라!"

신성의 말에 쿤타가 그렇게 소리쳤다. 협곡 상공은 대부분 하피의 영역이 되었기에 하피들은 모조리 몰려 나올 수 있었다.

그로라는 검게 몰려오는 하피들이 보임에도 마음은 평온했다. 그로라의 부하들은 죽음을 예감하고 있었지만, 그녀는 그렇지 않았다. 그로라가 평온한 모습을 보이자 쿤타의 얼굴이 일그러졌다.

"울어! 울부짖으란 말이다! 살려달라고 빌란 말이야!"

쿤타가 발광하며 외쳤다. 쿤타는 옆에 있는 시녀에게 손찌검을 한 후에야 간신히 진정했다. 하피 무리가 몰려들기 시작했다. 쿤타는 뒷걸음치며 신성의 뒤에 숨었다. 신성의 뒤에 도열한 거인족 전사들도 무기를 들고 경계를 했다.

"꺄아아악!"

"꺄악!"

하피들이 비명을 지르며 그로라의 부하들을 채가기 시작했다. 하피의 비명과 함께 그로라의 부하들이 내지른 비명이 울려 퍼지자 쿤타는 손뼉을 치며 좋아했다.

"그거야! 하하하! 더, 더 괴로워해라!"

전사들이 차례차례 하피 무리 속으로 사라졌고 그로라의 차례가 되었다. 그로라는 자신에게 다가오는 하피들을 바라보다가 조용히 눈을 감았다. 그 모습이 마치 순교자를 보는 것 같았다. 대단히 성스러워 거인족 전사들이 무기를 내리며 침을 꿀꺽 삼켰다.

순식간에 그로라가 사라졌다. 아무런 흔적 없이 말이다.

"저년은 끝까지 마음에 안 드는군."

"걱정마라. 천천히 뜯어먹히고 있을 테니."

"그렇겠지. 하하하! 아주 후련해! 앓던 이가 빠진 느낌이야."

쿤타는 크게 웃으며 다시 원래의 바보 같은 모습으로 돌아왔다. 하피들은 공중에서 춤을 추고 있었다. 물러나지 않고 계속 그 자리에 머물렀다.

"루, 룬! 이, 이제 어떡하면 좋나? 교, 교역도 여기서 하기로 했다고 하지 않았나!"

"네가 악신을 경배하면 악신께서 응답해 주실 것이다. 악신께서 너를 위해 저 하피들을 부하로 삼으셨다."

"그, 그런가? 하, 하하하!"

신성이 대충 지어내도 쿤타는 철석같이 믿었다. 그를 대족장으로 만들어준 것이 바로 신성이었으니 신성이 무슨 말을 하더라도 믿을 것이다.

쿤타는 거인족 백성들을 바라보았다.

하피들이 그로라와 그녀의 부하들을 끌고 가는 것을 보고
는 울음바다가 되었다. 백성들은 여성들이 많았고 어린아이도
있었다.

쿤타가 제법 그럴듯하게 앞으로 걸어가며 상공을 향해 두
팔을 펼쳤다.

"아, 악신이시여! 이 제물이 마음에 드신다면 부디 응답해
주소서!"

그렇게 한동안 두 팔을 벌리고 있었다. 그러나 응답은 없었
다.

"크흠."

쿤타는 무안한지 헛기침을 했다. 신성이 한 번 더 해보라는
제스처를 취하자 쿤타는 다시 목을 가다듬고 똑같이 외쳤다.

쿠구구궁!

갑자기 천둥과 함께 벼락이 사방으로 내리쳤다. 쿤타는 깜
짝 놀라 뒤로 벌러덩 자빠졌다. 주위의 바람이 강하게 불었
다. 맑았던 하늘은 검은 구름만이 가득했다.

검게 모여 있던 하피들이 격렬하게 비행을 하기 시작하자
검은 기류가 뿜어져 나왔다.

"허, 허억!"

쿤타는 경악하며 그 광경을 바라보았다. 검은 기류들이 뭉

치기 시작하더니 커다란 해골로 변했기 때문이다. 하피들이 해골 주변을 날아다니며 비명을 질렀다.

하피의 비명과 천둥소리가 합쳐져 지옥의 소리를 만들어냈다.

거인족 전사들은 모두 두려움으로 물들었다.

엄청난 존재감을 뿌리며 등장한 해골은 재앙 그 자체로 느껴졌다. 해골의 주변에 벼락이 쉴 새 없이 내리치며 주변을 초토화했다.

"아, 아, 악신!"

쿤타가 덜덜 떨며 그 이름을 입에 담았다. 해골의 붉은 안광이 쿤타를 향해 꽂혔다.

[그러니까… 으, 음, 당신… 아니, 네놈이 쿤타로구나!]

조금 어색한 말투였지만 지금은 누구도 그것을 신경 쓸 수 없었다.

계시 시스템을 이용한 아바타 강림이었다. 현재 루나가 아바타를 조종하고 있었고 릴리스는 하피들 사이를 날아다니며 벼락을 계속 만들어내고 있었다. 하피는 릴리스의 의도대로 비행했다. 먼 곳에 떠 있는 소형 비공정에서는 김갑진이 마력 통신으로 상황을 지시하고 있었다.

선성이 손가락을 까딱이자 릴리스가 그것을 보고는 엄청난 뇌전을 방출했다. 순식간에 뻗어온 뇌전은 가장 앞 열에 있던 전사들 주변에 떨어져 그들을 사방으로 날려 버렸다.

누가 봐도 악신이 벼락을 내리친 것으로 보였다.

초원의 대재앙을 일으킬 수 있는 존재가 바로 저 악신이다! 마음에 들지 않는다면 이곳도 그 초원처럼 될 것이다!

쿤타뿐만 아니라 모두가 그렇게 생각할 수밖에 없었다.

"아, 악신이시여! 제, 제가 바로 대, 대족장 쿤타입니다! 제, 제물을 바치겠습니다!"

쿤타가 손짓하자 주춤거리던 전사들이 거인족 백성들을 끌고 앞으로 나왔다. 거인족 백성들은 겁에 질려 부들부들 떨었다. 거인족 여인들은 어린아이들을 꼭 껴안았다.

[다음에는 더 데려오도록. 이번에는 그냥 넘어가도록 하지.]

"아, 알겠습니다. 악신이시여! 노여움을 푸시옵소서!"

해골의 손이 뻗어졌다. 그러자 하피들이 거인족 백성들에게 날아들어 그들을 모두 협곡 너머로 끌고 갔다. 백성들이 내지른 비명이 쿤타를 두렵게 만들었다.

쿤타는 침을 꿀꺽 삼키며 부들부들 떨었다.

콰가가강!

쿤타의 앞에 벼락이 떨어졌다. 쿤타는 개구리처럼 팔짝 뛰며 바닥을 굴렀다. 신성의 눈에 그의 바지춤이 축축해지는 것이 보였다.

하피들은 대량의 무기와 식량들을 쿤타의 앞에 내려놓았다.

[앞으로 룬을 통해 나에게 제물을 바치거라!]

"아, 알겠습니다!"

비구름이 사라졌다. 검은 기류가 흩어지며 해골 역시 사라져 버렸다. 하피들은 잠시 상공에 머물다가 다시 협곡으로 돌아갔다. 쿤타는 주춤거리면서 일어나 앞에 쌓여 있는 많은 식량과 무기를 바라보았다.

쿤타는 은근슬쩍 망토로 오줌을 지린 바지를 감추었다.

"하, 하하! 대단해! 엄청난 양이다!"

수북하게 쌓여 있는 식량을 보며 쿤타는 만족해했다. 무기는 질이 나빴지만 쿤타는 그런 것조차 제대로 알아보지 못했다.

"보, 보아라! 악신께서 나에게 축복을 내려주셨다! 악신께서 우리를 보호하시니 우리는 승리할 것이다!"

"오오오!"

"위대한 태양을 찬양하라!"

눈앞에 보이는 많은 식량은 분명 진짜였다.

거인족 전사들이 대족장 쿤타를 찬양하기 시작했다. 거인족 전사들이 본 악신의 모습은 그야말로 재앙 그 자체였다. 악신이 자신들의 뒤에 있다고 생각하니 무적이라도 된 기분이었다.

지금 그 악신은 그런 그들을 바라보며 부드러운 미소를 짓고 있었다.

'전쟁통에 몰래 태워 버려야겠군.'

식량이 전쟁 속에서 타버린다면 누구를 탓할까?

아마 마족에 대한 분노로 활활 불타오를 것이다.

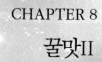

CHAPTER 8
꿀맛II

그로라.

최근에 드래고니아의 주민들 사이에서 달의 여인이라 불리기도 했다. 루나를 독실하게 믿기 시작하면서 그녀에게 나타난 신성력이 포근한 달처럼 느껴졌기 때문이다.

그녀는 굳은 일을 마다하지 않고, 누구보다 일을 잘했다. 거인족 특성상 신장이 컸지만 전체적인 인상은 슬림한 편이었는데, 그러나 그녀가 가지고 있는 힘은 일반 오우거를 가볍게 능가할 정도였다.

교육에도 관심이 많아 배움을 청하는 것을 부끄러워하지

않았다. 요즘에는 교황 김갑진 밑에서 성기사 수업을 받고 있었다.

드래고니아에서 그로라와 거인족 백성들은 그들이 지금껏 누리지 못했던 일상을 선물 받았다. 노동의 대가는 달콤했고 앞으로도 이렇게 살아가고 싶다는 희망을 주었다.

"오! 농장 지대가 완성되었구나! 무엇을 심을 생각인가?"

"감자를 심을 생각입니다. 외부에서 들여온 개량 품종이라고 합니다."

"감자인가!"

릴리스의 말에 그로라가 대답해 주었다.

드래고니아의 주민이 된 거인족들의 여인들은 농사일을 하고 있었다. 사내들은 주거지를 만들고 주변에 시설물을 세우는 작업을 했다.

아이들은 환하게 웃으며 뛰어 놀고 있었다.

"릴리스 님! 저번에 그거 해줘요."

"그거!"

아이들이 릴리스에게 몰려왔다. 아이들이라고는 하지만 릴리스보다 조금 작은 정도였다. 릴리스는 크게 웃더니 손을 뻗었다.

"나와라!"

릴리스의 앞에 해골이 나타났다. 달그락거리던 해골은 아이들을 보더니 도망치기 시작했다. 이런 일이 한두 번이 아닌 듯 해골은 도망에 능숙했다.

"잡아라!"

"잡아!"

그로라는 그 광경을 흐뭇하게 바라보았다. 이곳에서는 누구나 동등한 기회를 부여받았다. 다른 종족에게 공격적이었던 거인족의 성향도 거의 없어졌다. 그저 살아가는 것이 힘들어서 생긴 성향에 불과했다.

"그러고 보니 요즘 교황님께서 안 보이십니다만……."

"후후, 나의 충직한 부하! 김갑진 말인가! 이번에 다시 거인족들이 들어온다고 해서 직접 나갔다. 루나 님과 같이 나갔지. 이제 돌아올 때가 되었군."

"그러고 보니 그럴 때로군요."

그로라는 정확히 전쟁이 어떻게 진행되고 있는 것인지 몰랐다. 그러나 드래고니아로 데려오는 백성들의 숫자를 보면 소모전으로 치닫고 있음을 짐작할 수 있었다.

거인족이 죽어가는 것은 슬픈 일이었다. 하지만 그것은 피할 수 없는 일임을 알고 있었다.

그로라는 이 일로 인해 거인족이 더 발전할 수 있다면 그걸로 되었다고 생각했다.

"그대는 가족들을 잘 맞이해라. 가족은 소중한 것이니까."

릴리스는 근엄한 표정으로 말했다.

그녀는 평소에 업무를 내팽개치고 루나와 모험을 하거나 아이들과 뛰어놀았다. 천진난만한 소녀를 보는 것 같았지만 속이 깊은 면도 존재했다.

"오, 저기 오는군."

거인족 백성들이 무리지어 이동해 오는 것이 보였다. 일을 하고 있던 거인족들이 그들에게 달려갔다. 개중에는 이별했던 가족들도 있었기 때문이다. 대단히 힘든 상황인지 이번에 온 거인족 백성들은 모두 말라 있었다.

그로라 역시 그들에게로 달려갔다. 그로라를 본 백성들은 울먹이며 그녀의 이름을 불렀다.

릴리스는 그 모습을 보면서 마음이 따듯해졌다. 마족이었을 때는 느껴보지 못한 감정이었다. 지금은 그때만큼의 카리스마와 위엄은 없었지만 이런 모습이 좋았다.

하루하루가 즐거웠다.

"릴리스 님."

릴리스의 뒤에 트리시가 나타나 부복했다.

악신의 성으로 이동해 온 트리시는 릴리스의 수족 역할을 하고 있었다. 그녀는 악신의 성으로 전송된 포로에 대한 형벌을 집행하고 있었다.

"마족 16,300명의 영혼이 지하 감옥에 전송되었습니다."

"중요 인물은?"

"네, 고리악의 수하들이 있습니다."

"잘됐군."

릴리스의 분위기가 달라졌다. 뒤를 돌아 트리시를 바라보는 그녀의 얼굴은 차가웠다.

"고문을 집행해. 순도 높은 영혼석을 뽑아내라."

"알겠습니다."

트리시가 고개를 숙이며 사라지려 했다.

"잠깐."

트리시가 릴리스의 외침에 멈칫했다.

릴리스는 트리시에게 다가갔다. 트리시는 몸이 잔뜩 굳어 움직일 수 없었다. 릴리스의 눈치를 보며 식은땀을 흘렸다. 릴리스는 트리시의 목덜미에 코를 대고 냄새를 맡다가 씨익 웃었다.

"내놔."

"하, 하지만… 이건……."

"어허!"

"아, 알겠습니다."

트리시가 품에서 주섬주섬 초코바를 꺼냈다.

릴리스는 황홀한 눈으로 그걸 바라보다가 한 입 베어 물었다.

트리시는 거의 울 것 같은 표정이었다. 그런 트리시를 본 릴리스는 잠시 갈등하다가 트리시에게 반쪽을 주었다.

트리시와 같이 초코바를 먹으며 우물거렸다.

"역시 끝내주네!"

"그렇습니다. 역시 장인이 만든 B랭크 초코바입니다."

"B랭크인가! 대단하군!"

트리시는 회심의 미소를 지었다.

초코바는 릴리스의 방심을 유도하기 위한 미끼였다. 진짜는 꼭꼭 숨겨져 있었다.

"세이프리에는 이런 게 잔뜩 있다고 들었다."

"…가출할 생각이시면 그만 두시는 것이 좋을 것 같습니다. 마계를 박살 내기 전에는 이곳을 떠나지 않겠다고 직접 말씀하시지 않으셨습니까?"

"그랬던가."

릴리스의 분위기가 급격히 다운되었다. 자존심이 있어서 자신의 말은 꼭 지키는 릴리스였다. 트리시는 그런 그녀를 바라보다가 한숨을 내쉬고는 입을 떼었다.

"조만간 루나 님이 세이프리에 다녀오실 예정이니 호위 자격으로 따라가시면 될 것 같습니다."

"오! 그렇지!"

"대신 제 몫도 부탁드립니다. 위대한 장인분께서 새로 연 가게가 있다고 들었습니다. 부디……."

"음, 알겠다. 걱정 말거라!"

릴리스는 김갑진과 신관들의 호위를 받고 있는 루나에게 달려갔다. 트리시는 품에 있는 고급 초코바를 확인하고는 미소를 지었다.

아무리 상관이라도 이것만은 넘겨줄 수 없었다.

*　　　　*　　　　*

평화로운 드래고니아와는 달리 신성이 있는 곳은 매일 격렬한 전투가 벌어졌다. 마족 진영은 지휘관의 교체로 지휘 체계가 제대로 잡히지 않았는지 늦은 반응을 보였다.

신성이 먼저 쳐들어가자 그 이후 계속해서 전투가 벌어졌다.

신성은 은밀하게 군량 창고를 불태웠고 마족들에게 덮어 씌웠다. 쿤타와 그의 측근들은 노발대발하며 마족들을 저주했다.

식량이 부족해지자 쿤타는 백성들을 모조리 바치기 시작했다. 전쟁을 이기는 것만 생각하고 있는 쿤타에게 백성 따위는 가축이나 마찬가지였다. 언제든 숫자를 불릴 수 있는 그런 가축이었다.

백성을 바칠 때마다 충분히 식량을 제공해 줬기에 쿤타는 망설이지 않았다.

신성은 일부러 소모전을 계속했다. 마족들의 전력은 신성이 생각한 것보다 대단했다. 거인족과 비등한 수준이어서 지금의 드래고니아가 감당을 할 수 없었다. 어비스에 나온 일부의 마족 세력이 이정도이니 마계의 전력은 대단할 것이다.

신성이 강력한 힘을 보유하고 있기는 하지만 엄청난 대군을 모두 막아낼 수는 없었다.

현재 어비스에 있는 마족들이라면 지구전으로 끌고 갈 경우 승리할 수 있겠지만 그전에 드래고니아가 큰 피해를 입을 것이 분명했다.

지금은 그걸 걱정할 필요가 없었다. 거인족이 든든한 방어벽이 되어주고 있었다.

'잘 싸우는군.'

신성은 총사령관을 나타내는 화려한 말 위에 앉아 전장을 느긋하게 바라보고 있었다.

[LEVEL UP!]

치솟는 경험치를 보며 씨익 웃었다.

거인족 전사들이 마족을 처리할 때마다 경험치가 대단히

많이 쌓였다. 마족의 레벨은 대부분 200이 넘어갔고 고위 마족은 200대 후반이었다. 그들이 주는 경험치는 정예 몬스터보다도 훨씬 많았다. 마족이나 몬스터들이 아르케디아인이나 지구인을 죽이면 많은 경험치를 얻는 것처럼 신성도 그러했다. 신성이 만렙에 도달할 수 있었던 비밀도 이와 관련되어 있었다.

가끔 마왕급 마족도 있었는데 그런 마족이 보일 때마다 신성이 나가서 박살 냈다.

"좋군."

그야말로 꿀맛이었다.

전쟁은 신성을 강하게 만들어주었다. 경험치, 스킬 포인트뿐만 아니라 영혼 역시 수집할 수 있었다.

전장에서 죽은 악 성향을 지닌 마족과 거인족의 영혼이 신성에게 빨려 들어왔다. 악업을 쌓고 있는 영혼은 신성에게서 벗어날 수 없었다.

그들이 다른 신앙이 있었다면 벗어날 수 있었겠지만 애석하게도 대부분 신앙을 지니고 있지 않았다.

'계속 졌으니 이번에는 이겨볼까?'

현재 거인족은 밀리는 형세였다. 이제 슬슬 이겨서 거인족의 사기를 높일 필요가 있었다. 신성은 거인족 백성들이 모조리 드래고니아로 이동할 때까지 소모전을 할 생각이었다.

최근에 드래고니아에서 교육을 받은 거인족들이 은근슬쩍 협곡을 건너와 백성들에게 드래고니아에 대한 정보를 흘리고 있었다. 그곳에 가면 굶지 않고 행복하게 살 수 있다고 말이다.

곧 쿤타는 드래고니아로 이탈하는 백성들을 볼 수 있을 것이다.

"크, 크아아악!"

"으윽!"

거인족이 죽어나가는 것이 보였다. 마왕급 마족 하나가 거인족들을 밀어붙이며 자신의 힘을 보여주고 있었다. 신성은 잠시 마왕급 마족을 지켜보았다.

덩치가 거인족보다 컸고 거대한 뿔을 달고 있었다. 신성은 마왕급 마족이 나타날 때마다 뿔을 잘라 모았다.

302Lv

[C]고위 마족 아타녹(중형)(보스)

서열 10위 마왕 고리악의 수하.

본래 릴리스의 수하였으나 릴리스를 배신하고 고리악에게 붙었다. 반역 당시 가장 큰 공을 세운 마족 중 하나이다. 마왕 고리악은 아타녹에게 백작의 지위를 주었고 릴리스의 뿔 조각 하나를 주어 그의 공을 치하했다. 그는 뿔 조각을 흡수하여 릴리스의 뇌전을 어느 정도 사용할 수 있다.

아타녹은 이제 강력한 힘의 권능을 지닌 마왕급 마족이 되었으니 조금만 더 성장한다면 마왕 후보 대열에 합류할 수도 있을 것이다.

'레벨 302. 꽤 좋은 뿔이군.'

저 정도 레벨이면 마족 측 진영에서 꽤 중요한 인물일 것이다. 아타녹은 엄청난 괴력을 발휘하며 거인족을 쓸어버리고 있었다. 아타녹이 들고 있는 거대한 둔기는 거인족의 방패를 가볍게 박살 냈다. 신성이 보급해 준 방패였는데 질이 좋지는 않았다.

"미, 밀리고 있습니다."

"후퇴할까요?"

쿤타가 붙여준 쿤타의 직속 부하들이 그렇게 말했다.

"총공격을 한다."

"하, 하지만……."

"공격!"

전사들은 아타녹과 마족들의 공세에 흔들리고 있었다. 신성은 주먹으로 머뭇거리는 전사의 얼굴을 후려쳤다. 전사가 뒤로 넘어지며 바닥을 굴렀다.

"명령 불복종은 사형이다."

신성이 살기를 띄우며 그렇게 말하자 전사들이 침을 꿀걱 삼켰다. 영화에서 보면, 무능한 장군이 불리한 상황임을 인정 못하고 늘 말하는 대사였다.

신성은 그 대사를 한 번쯤 해보고 싶었다.

"고, 공격! 총공격하라!"

"공격하라!"

신성과 함께 대기하고 있던 전사들이 모두 달려 나가기 시작했다. 신성은 말을 끌고 달려 나가며 눈앞에 보이는 마족들을 모조리 도륙했다. 신성이 한 번 검을 휘두를 때마다 불꽃이 뿜어져 나가며 수십의 마족들이 타죽었다.

"부, 불꽃!"

"불꽃의 대전사 룬!"

마족들이 신성이 나타나자 모두 표정을 굳혔다. 거인족 총사령관인 신성은 마족들에게 공포의 대상이었다. 전세가 불리할 때마다 나타나 모든 것을 뒤집어 버렸기 때문이다.

아직도 거인족의 방어선이 뒤로 밀리지 않은 이유였다.

"네놈이 그 거인족이로군!"

아타녹이 신성을 바라보며 외쳤다. 신성은 그저 그를 품평하듯 바라볼 뿐이었다.

아타녹은 아주 좋은 경험치 덩어리였다.

아타녹이 주는 경험치는 무척이나 짭짤할 것이다. 신성은 가볍게 말에서 내렸다. 오랫동안 앉아 있어 뻐근해진 몸을 풀었다.

아타녹은 자신의 운명을 모르고 있었다. 죽은 후 악신의 성에 도착하게 되면 릴리스가 기다리고 있다는 사실을 꿈에도 모를 것이다.

신성의 입가에 미소가 걸렸다.

자신을 비웃는 것이라 생각한 아타녹이 거대한 둔기를 들고 달려들었다. 단순히 달려옴에도 충격파가 뿜어져 나오며 주변을 휩쓸었다. 주변에 있는 거인족과 마족들이 사방으로 튕겨 나가며 바닥을 굴렀다. 엄청난 힘에서 나오는 압박감은 대단했다.

아타녹이 든 둔기에는 뇌전의 힘이 담겨 있었다.

신성은 아타녹의 둔기가 자신을 향하고 있음에도 생각에 빠졌다.

'모든 마왕의 뿔을 잘라서 릴리스에게 준다면… 모든 마왕의 권능을 얻을 수 있겠네.'

그렇게 된다면 최초의 마신이 탄생할지도 몰랐다.

신성이 주신급이 된다면 하위신을 임명할 수 있었다. 지금은 중급신의 끝에 이르렀고 상급신까지 얼마 안 남았으니 주신도 먼 이야기가 아니었다. 마신으로 만들어서 마계를 관장하게 하는 것도 나쁘지 않을 것 같았다.

그렇게 생각하고 있을 때 아타녹의 둔기가 신성의 몸에 닿았다.

타앙!

아타녹의 둔기가 강력한 반발력에 의해 팅겨져 나가며 아타녹이 주춤거렸다. 아타녹의 공격은 마력 스킨을 뚫을 수 없었다.

아타녹의 얼굴은 경악으로 물들었다. 자신의 일격이 통하지 않은 것은 처음이었기 때문이다.

신성은 아타녹을 바라보다가 검을 휘둘렀다. 화염의 폭풍이 뿜어져 나가며 아타녹의 한쪽 팔을 태워 버렸다. 드래곤 하트에서 뿜어져 나오는 마력에 대항할 수는 없었다.

"끄, 끄아아악!"

둔기가 바닥에 떨어졌다.

아타녹은 고통에 몸부림쳤다.

[꿇어.]

용언이 울려 퍼지는 순간 아타녹의 무릎이 꿇려졌다. 순식간에 주변이 조용해졌다. 격렬한 전투를 치르고 있던 마족과 거인족들이 신성을 바라보았다. 누구도 이길 수 없을 것 같은 아타녹이 신성의 앞에서 무릎을 꿇고 있는 모습은 너무나 충격적이었다.

신성은 손을 뻗어 아타녹의 뿔을 붙잡았다.

"아, 아, 안 돼! 그, 그것만은……! 으아악!"

힘을 줘서 당기자 뿔이 뽑혀져 나왔다. 아타녹은 바닥을 구르며 고통에 몸부림쳤다. 잠시 후 신성과 눈이 마주치자 그는 신성을 향해 힘겹게 입을 떼었다.

"주, 죽여라."

"후회할 텐데? 버러지처럼 기어서라도 사는 게 좋지 않겠나?"

"어서 죽여라!"

신성은 고개를 끄덕이고는 순식간에 그의 목을 베었다.

아타녹의 영혼이 신성에게 흡수되어 악신의 성으로 전송되었다.

아타녹이 허무하게 죽어버리자 마족들의 사기가 급격히 떨어졌다. 신성이 검을 들자 거인족들이 환호를 지르며 돌격하기 시작했다.

"공격하라!"

"모조리 죽여라!"

전장의 분위기가 단번에 바뀌었다. 신성은 손에 들린 뿔을 인벤토리에 넣고는 마족들을 도륙하기 시작했다.

아타녹은 평온한 죽음을 맞이했다고 생각했다. 전투에서의 죽음은 마족에게 있어 영광이었다. 아타녹은 고통에서 해방

된 순간 모든 것이 끝났음을 실감했다.

이제 자유만이 남은 것 같았다. 그러나 추위가 밀려오자 눈을 뜰 수밖에 없었다.

"으, 으아악!"

"아악!"

비명이 들려왔다.

아타녹은 주변을 바라보았다. 마족들과 거인족들이 고문을 당하고 있었다. 엄청난 크기의 해골이 그들에게 고통을 부여하고 있었다. 끓는 쇳물에 넣거나 가시밭에 굴리는 등 너무나 두려운 광경이었다.

"뭐, 뭐야!"

아타녹은 겁에 질려 몸을 일으켰다.

차르륵!

몸이 잘 움직이지 않았다. 자신의 몸을 보니 쇠사슬이 사지를 묶고 있었고 목에는 목걸이가 걸려 있었다.

목걸이에 적힌 글자가 보였다.

'극악 죄인 3332호.'

아타녹은 쇠사슬을 끊으려 몸부림쳤다. 하지만 쇠사슬은 꼼짝도 하지 않았다. 문득 자신의 손을 자세히 보니 반투명했다.

그제야 아타녹은 자신이 죽어 이곳으로 이동해 왔음을 깨달았다.

[클클클, 오랜만에 실한 영혼이군. 악신께서 기뻐하실 것이다!]

거대한 해골이 아타녹의 앞에 나타났다. 너무나 끔찍하게 생긴 해골이었다. 해골이 손을 뻗자 아타녹의 목걸이에 걸려 있던 쇠사슬이 당겨지며 그가 힘없이 끌려 나왔다.

끌려 나온 길은 온통 가시였다. 온몸이 찢겨지며 한계를 돌파한 고통이 느껴졌지만 몸에서는 피가 나지 않았다.

처음과 똑같은 상태였다. 그에게는 이제 육체가 존재하지 않았기 때문이다.

그렇게 한동안 끌고 가자 거대한 홀이 나왔다. 주변 좌석에는 해골들이 검은 로브를 두르고 앉아 있었고 넓은 소파에 아타녹도 잘 알고 있는 여인이 누워 있었다.

아타녹은 그녀를 본 순간 몸을 덜덜 떨었다.

"리, 리, 릴리스!"

"오랜만이구나. 아타녹. 살이 더 쪘군. 그래, 고리악이 잘 대해주더냐?"

"이, 이게 어떻게 된……."

릴리스가 손가락을 자신의 입술에 가져다 대자 아타녹의 입에 마스크가 채워졌다.

"말할 필요 없어. 그냥 즐기면 돼."

릴리스의 신호를 받은 검은 로브를 쓴 해골들이 두꺼운 책을 들고 일어났다.

"성향, 극악! 악업 수치에 따라 결정된 징벌은… 특별 지옥행!"

"특별 지옥!"

"특별 지옥!"

해골들이 달그락거리는 턱을 움직이며 외쳤다.

릴리스가 손가락을 튕기자 거대한 해골이 다시 아타녹을 끌고 갔다. 아타녹은 용서해 달라고 말하고 싶었지만 마스크 때문에 목소리가 나오지 않았다.

릴리스는 그를 보며 상쾌한 미소를 짓고 있을 뿐이었다.

전쟁은 길어졌다.

신성은 마족을 처치하며 그야말로 꿀을 빨았다. 레벨도 380에 올라 이제 400을 바라보고 있었다. 스킬 포인트도 아끼지 않고 투자해 모두 B랭크 이상으로 만들었고 드래곤 스킬은 B+랭크였다.

여전히 드래곤 스킬 중심으로 투자했는데, 드래곤 스킬은 워낙 요구 포인트가 많아 성장이 더뎠다. 그렇지만 능력만큼은 끝내줬다.

신성의 스텟은 대단히 높았다.

육체의 한계를 찾아볼 수 없었기에 다른 스텟을 개발할 필요 없이 계속해서 올리는 중이었다. 본체 상태가 아니면 종족의 한계에 제약을 받았지만 드래곤의 힘이 섞여 있으므로 한계 수치는 해당 종족에 비할 바가 아니었다.

'다음 단계로 성장하기 전에 A랭크를 만들 수 있겠군.'

신성은 이제 성숙한 성룡이었다. 덩치도 처음보다 대단히 커졌고 몬스터로 치면 대형 몬스터였다. 다음 단계로 진화하면 어떤 모습으로 변할지 대단히 궁금했다.

'이제 단물도 빠져가는군.'

대규모 교전은 잘 일어나지 않았다. 서로 전력을 비축해 놓고 한 방을 노리고 있었다.

거인족의 상황도 좋지 않았지만, 마족 역시 비슷해 보였다. 여러모로 불협화음이 많아 보였는데 아무래도 마계에는 마왕이 많았고 그들 모두 개성이 너무 뚜렷했기 때문이다.

음모와 암투가 판치는 마계에서 힘을 합친다는 표현은 쓰이지 않았다. 어비스를 놓고 마계에서도 한참 무언가 일어나는 중인 것 같았다.

신성이 별다른 노력을 하지 않아도 거인족과 마족의 전력의 차이는 거의 나지 않았다. 그렇기에 신성이 출전하는 일은 드물었다. 평소에는 의자에 앉아 경험치나 빨아먹고 있었다.

신성은 느긋했지만 쿤타와 그의 측근들은 매일매일 똥줄이 타들어 가고 있었다. 백성들이 탈출하기 시작해 남아 있는 숫자는 별로 없었다. 그마저도 쿤타가 직접 전사들을 끌고 백성들을 잡아와 악신에게 바쳤다.

악신이 주는 식량과 무기는 갈수록 줄어들었다. 이번 겨울을 버틸 만한 식량이 있기는 했지만, 백성을 찾아볼 수 없게 되어버린 지금 앞으로 식량을 기대하기 어려웠다.

슬슬 쿤타는 신성에게 하소연을 하기 시작했다. 하지만 신성은 들은 척도 하지 않고 전장에 나와 있을 뿐이었다.

'이제 겨울이군.'

눈발이 날렸다.

드래고니아는 자체적으로 계절을 돌리고 있어 어비스의 기후에 영향을 받지 않았지만, 이곳은 달랐다. 온도가 급격히 내려가 거인족이라도 버틸 수 없는 수준이 되었다.

신성은 홍염룡의 권능이 있어 아무렇지도 않았지만 다른 이들은 달랐다. 기껏해야 가죽을 갑옷에 껴입고 있을 뿐이어서 동사하는 인원이 늘어나고 있었다.

'어비스의 겨울은 아르케디아인들도 버티기 힘들겠어.'

거인족이나 어비스의 몬스터들이 레벨이 높은 것이 이해가 되었다. 모두 내구력이 꽤 높은 편이었는데 그것이 이런 자연환경에서 버틸 수 있었던 이유였다.

살벌하게 불어오는 바람에는 마력이 포함되어 있었다. 냉기 속성을 지닌 바람은 닿는 모든 것을 얼려 버렸다.

거인족과 마족에게는 재앙이었지만 신성에게는 그저 아름다워 보였다. 새하얀 평야는 루나를 닮았다. 순백의 깨끗함을 보니 마음이 평온해졌다.

"총사령관님, 명령하신 마족의 뿔을 가져왔습니다."

거인족 전사들이 포대 자루를 들고 왔다. 신성은 전사들에게 마족의 뿔을 수집하라고 명령했다. 이렇게 수집한 뿔의 숫자는 대단히 많았다. 릴리스나 트리스에게 준다면 잘 활용할 것이다.

신성은 인벤토리에 포대 자루를 넣었다. 포대 자루가 순식간에 사라졌지만 거인족 전사는 놀라지 않았다.

신성이 마법을 쓰는 것은 하루 이틀이 아니었기 때문이다.

"다른 물건들은 마차에 실어 호칸으로 보냈습니다."

"알았다."

마족이 드롭한 아이템은 모조리 호칸으로 보냈다. 쿤타가 창고에 잘 넣어놓을 것이다. 물론 그것은 쿤타의 것이 아니라 신성의 것이겠지만 말이다.

'백성들도 거의 다 옮겼으니 이제 한 번 제대로 털어버리고 사라져야겠어.'

지금 거인족의 주요 전력이 다 모여 있었다. 호칸에 있는 쿤타를 지키는 병력 외에 모두 신성에게 있는 것이다. 지금 쳐들어가는 짓은 서로 죽자고 하는 꼴이었지만 신성은 상관하지 않았다.

"총공격을 준비한다."

"이, 이 추위에 공격했다가는……."

"그건 마족들도 마찬가지다."

"아, 알겠습니다."

처음 겪는 어비스의 추위에 마족들도 당황해하고 있었다. 이쪽이 전력으로 부딪힌다면 저쪽도 전력을 다할 수밖에 없을 것이다.

신성의 명령에 모든 전사가 진격하기 시작했다.

얼어붙은 겨울.

눈 덮인 평원을 건너 총공격이 시작되었다.

전략은 존재하지 않았다. 그저 돌격해 눈에 보이는 모든 것을 파괴하는 것이 유일한 작전이었다. 거인족 전사들은 전략이라는 개념 자체를 잘 이해를 하지 못해 그냥 돌격하는 것이 제일 효율이 높았다.

신성이 없었다면 마족과 거인족의 전쟁은 마족의 승리로 끝났을 것이다. 마족들은 그래도 전투 쪽에는 그럭저럭 머리가 잘 돌아가니 말이다.

거인족의 전력은 상당히 줄어들어 7만 정도였는데 마족들의 숫자가 더 많았음에도 거인족의 기세가 더 커 보였다. 7만의 거인족들이 일제히 달려 나가며 마족들이 세워놓은 방어

탑들을 부수고 마족의 병력과 혈투를 벌이기 시작했다.

신성은 적당히 고위 마족이나 마왕급으로 보이는 마족들을 도륙했다. 신성의 진격에는 거침이 없었다. 오랜만에 화끈하게 힘을 쓰자 마족들은 그야말로 추풍낙엽처럼 쓰러졌다.

신성을 따라 거인족들은 마족들을 밀어붙였다. 마족의 영역으로 계속 진격하여 그들의 차원의 문 주변에 만들어놓은 성까지 도달할 수 있었다.

[차원의 문(마계)를 발견하였습니다.]

[차원의 문을 통해 마계로 진입할 수 있습니다.]

[성을 점령한다면 차원의 문을 동결해 마계의 침입을 막을 수 있습니다.]

성을 굳게 걸어 잠그고 수비를 하고 있었다. 마족과 거인족은 모두 전력 손실이 심해 숫자가 많지는 않았다.

마계에서 차원의 문을 통한 인원 보충이 제대로 되지 않는 것을 보면 무언가 곤란한 상황이 발생한 것 같았다.

'꽤 좋은 성이군.'

마족들이 공을 들여 지은 흔적이 보였다.

차원의 문은 성안에 존재했다. 저 성을 빼앗는다면 마계로 가는 문을 얻을 수 있고 그들이 어비스로 나오지 못하게 할 수 있었다. 다른 차원의 문이 존재하기는 하지만 어비스의 중심이거나 이곳과는 상당히 먼 외딴곳이라서 아직까지는 신경을 쓸 필요는 없었다.

'아마 이곳이 침략을 하기 위해 제일 좋은 곳이겠지.'

그러니 이곳에 저토록 많은 것들을 쏟아부었던 것이다. 지구로 가는 차원의 문은 단 하나밖에 없으니 드래고니아를 잘 키우면 침입은 걱정이 없었다.

이제 거인족의 마지막 공격을 할 때였다.

꽤나 전력 소모가 많았음에도 거인족의 사기는 최고였다. 마족에 대한 분노가 대단해서 반드시 박살 내겠다는 의지가 가득했다. 기다릴 필요는 없었다. 이미 식량도 거의 다 떨어져 승부를 봐야 했다.

"돌격! 성을 함락시킨다."

신성의 명령이 떨어지자 거인족이 마족의 성을 향해 진격했다. 우레와 같은 함성을 지르며 함정을 돌파한 후 성벽을 부수거나 기어올랐다. 하지만 마족들의 방어도 견고해 거인족들은 좀처럼 안으로 진입할 수가 없었다.

거인족 정예 전사들은 그것을 바라보다가 신성 쪽을 바라보며 입을 떼었다.

"아무래도 총사령관님께서……."

"총사령관님?"

신성이 있어야 할 자리에는 그의 말만이 덩그러니 놓여 있을 뿐이었다.

신성은 전장에서 이탈해 커다란 언덕 위에 올라 전장을 바라보았다. 마족과 거인족이 전력이 줄어드는 것을 기다렸다. 마족의 성 주위에 있던 마법 방벽이 부서지고 방어가 약해지고 있었다.

조금만 기다리면 신성이 바라는 타이밍이 곧 올 것이다. 모든 것을 한 방에 정리할 그 시기가 말이다.

"잘 싸우네."

신성이 여유롭게 전장을 바라보고 있을 때 정보창이 떠올랐다.

[지구의 주 신앙이 여신 루나로 바뀌었습니다. 여신 루나가 가장 큰 영향력을 행사할 수 있습니다.]

[거인족 백성들이 루나를 믿기 시작합니다.]

[루나의 신성 랭크가 상승하여 계급이 상승하였습니다.]

[A]주신

여신 루나가 승격하여 주신이 되었다.

주신의 권능을 행사할 수 있으며 지구에서 신으로서 가장 큰 영향력을 행사할 수 있다. 지구의 자연재해, 환경을 통제할 수 있고 관리 탭을 통해 영향력을 행사할 수 있다.

루나를 믿는 신도들은 그녀의 이름을 찬양하며 그녀의 품에서 평화로울 것이다.

신성은 정보창을 보며 감탄했다. 상급신이었던 루나가 드디어 주신 반열에 오른 것이다. 지구에서 루나의 신도들이 급격히 늘어나고 있다는 것은 알고 있었지만, 생각보다 그 시기가 빨랐다. 이번 거인족 백성들을 받아들인 것도 주신으로 승급하는 데 한몫을 한 것 같았다.

'빨리 정리하고 가봐야겠군.'

신성은 몸을 풀었다. 이제 슬슬 전장의 상황도 절정으로 치닫고 있으니 등장해도 괜찮을 것 같았다.

'전력을 내보는 것은 처음인가.'

본체 상태에서 속성 변화는 해보았지만, 악신 모드로 들어가 보지는 않았다.

몸에 부담이 되기는 하지만 짧은 시간 내에 확실히 끝낼 수 있을 것 같았다. 저들의 숫자가 확연히 줄어든 상태였으니 말이다.

지겨운 거인족 생활도 이제 종지부를 찍을 때였다.

신성은 언덕 위에서 뛰어내렸다. 차가운 바람이 뺨을 스쳐

가자 기분이 좋아졌다. 신성의 입가에 미소가 그려지는 순간 푸른빛이 터져 나오며 거대한 드래곤이 모습을 드러났다. 나무와 돌들이 모조리 박살 났고 눈사태가 일어나 전장으로 쏟아져 내렸다.

휘이이!

하늘위로 날아올랐다. 거대한 날개가 펴지는 순간 하늘 위에 떠 있는 태양이 가려졌다.

드래곤 하트가 격렬하게 뛰기 시작했다. 암흑 마력이 뿜어져 나오며 주변의 구름을 모조리 검게 물들였다. 빛이 감돌았던 비늘은 검게 물들었고 어두운 기류가 뿜어져 나오며 거대한 몸체를 휘감았다.

그르르르!

대기가 찢겨 나가는 소리가 울려 퍼졌다. 낮게 깔리기 시작한 검은 구름은 사악한 기운을 품고 있었다. 거인족과 마족들 모두 전쟁을 멈추고 하늘 위를 바라보았다.

모두의 몸이 굳어버렸다.

자욱하게 깔린 검은 구름은 전장을 완전히 어둠으로 물들여 버렸다. 거인족과 마족은 그것이 무슨 현상인지 도저히 이해할 수가 없었다.

시끄러웠던 소리가 사라지고 침묵만이 깔렸을 때였다.

거대한 어둠의 구름이 갈라지며 재앙이 등장했다.

너무나 컸다. 어둠 그 자체였다. 어둠을 뿜어내며 등장한 거대한 존재를 바라보는 순간 모두가 몸을 떨었다.

제대로 그 모습을 볼 수 없었다. 바라보고 있지만 이해가 되지 않았다. 저 존재를 이해하려는 순간 머리가 깨질 듯 아파졌다.

분간이 되는 것은 오로지 여섯 쌍의 날개였다.

심연 그 자체를 보는 듯한 여섯 쌍의 날개가 하늘을 가득 채우며 펼쳐져 있었고 그 여섯 쌍의 날개에는 황금빛 눈동자가 떠올라 있었다. 단 하나만이 눈을 감고 있었고 나머지는 모두 저마다의 기운을 흘리며 전장을 바라보고 있었다.

그것은 모두 속성의 드래곤을 상징했다.

'좋군.'

신성은 온몸에 가득 찬 힘을 느꼈다. 뭐든지 할 수 있을 것 같은 자신감이 넘쳐흘렀다. 가볍게 마력을 흘리자 거대한 마력 덩어리들이 전장으로 뿜어져 나갔다. 지금까지 모은 모든 속성을 포함하고 있는 마력 덩어리가 전장에 떨어지는 순간 거대한 폭발이 치솟았다.

화염과 뇌전의 폭풍이 몰아쳤고 대지가 갈라졌다. 검은 비가 내려 심각한 질병을 퍼뜨렸다.

전장은 악몽이 되었다.

"아, 악신!"

마족들은 그제야 신성을 알아보았다. 차원의 문으로 도망치려 했지만 이미 늦었다. 대지가 하늘 위로 치솟고 있었다. 성벽 역시 무언가에 빨려 들어가듯 그렇게 하늘로 치솟았다.

어둠이 꿈틀대는 순간이었다.

악신의 숨결이 뿜어져 나가며 마족의 성에 작렬했다.

아무런 소리가 들리지 않았다.

검은색으로 덧칠된 세상에서 모든 빛과 소리가 사라졌다가 마지막에 화려하게 휘몰아쳤다.

브레스가 지나간 자리는 너무나 깨끗했다. 모든 것들이 소멸했기 때문이다.

성이 완전히 초토화되었고 차원의 문만 고요하게 남아 있을 뿐이었다. 차원의 문을 통해 신성의 브레스가 마계로 향했을 것이다. 차원의 문이 있는 마계 역시 초토화되었을 것이 분명했다.

"도, 도망쳐!"

"으아아악!"

거인족 전사들이 도망치기 시작했다. 신성은 그들을 막지 않았다. 이제 얼마 남지 않은 거인족 전사들이 호칸에 합류해 봤자 별것 아니었다. 이제는 식량도 부족해 제대로 싸울 수도 없을 것이다.

신성은 마족의 성 위에 착지해 주변을 둘러보았다.

아직 섬을 점령하지 못한 것을 보면 성주가 살아 있는 것이 분명했다.

잔해를 뚫고 나온 자가 보였다. 화려한 옷을 입고 있었지만, 이리저리 뜯겨나가 거지꼴이었다.

부상이 심해 보였다. 신성의 브레스의 영향권에서 살아남은 것이 기적이라면 기적이었다.

그는 신성과 눈이 마주치자 뒤로 주춤 물러났다.

"나, 나는 서열 16위 마왕 베로알이다! 그, 그로악 님과 사알타 님을 대신해 어, 어비스를 다스리러 왔다!"

베로알은 커다란 지팡이를 들고 있었다. 베로알이 든 지팡이에서 뇌전이 치솟았다.

릴리스의 뿔을 흡수한 놈 중 하나였다.

"무, 물러나라! 사악한 악신아! 마, 마족들이 너를 토벌할 것이다!"

릴리스가 물러나면서 그 후임으로 온 놈인 것 같았다. 제대로 된 놈은 아니니 사알타와 그로악이라 불린 마왕이 진짜배기일 것이다.

베로알은 마왕치고는 그 포스가 대단히 미약했다. 레벨은 340으로 제법 높았지만 그리 강해 보이지는 않았다.

"으아아아!"

신성이 그저 바라보고 있었음에도 겁을 먹어 발광하기 시작했다. 모든 마력을 담아 지팡이를 휘둘렀다. 뇌전이 뿜어져 나가며 신성의 몸에 닿았다.

팅!

무언가 닿는 듯한 느낌이 들기는 했다. 뇌전은 마치 이쑤시개처럼 신성의 검은 비늘을 한 차례 찌르고 사라졌다.

베로알의 안색이 창백해졌다.

신성은 베로알을 바라보다가 마력을 일으켰다.

치지지직! 콰아아아아!

마법진이 순식간에 그려지며 엄청난 뇌전이 뻗어 나갔다. 베로알의 옆을 스치고 간 뇌전은 남아 있는 성벽을 부수고 뒤에 있는 거대한 산맥의 봉우리를 날려 버렸다.

베로알이 마치 로봇처럼 목을 천천히 돌리며 그 광경을 눈에 담았다.

댕그랑!

손에 있는 지팡이가 바닥에 떨어졌다. 베로알은 무릎을 꿇고 고개를 조아렸다.

"아, 악신이시여! 저, 저를 권속으로 받아주십시오!"

베로알은 완벽한 기회주의자였다. 신성은 잠시 고민했다. 베로알을 권속으로 만든다면 베로알이 가졌던 모든 것이 신성의 것이 되었다.

어비스에 있는 마족의 성뿐만 아니라 영지, 그리고 마계에 가지고 있는 그의 모든 것이 신성의 소유가 되는 것이다. 강한 자에게 붙는 박쥐 같은 놈이었고 시원찮은 놈이기는 했으나 그래도 마왕이었으니 제법 많은 것을 가지고 있을 것이 분명했다.

신성은 베로알이 권속이 되는 것을 허가했다.

마왕급이었기에 권속이 될 자격은 되어 무리 없이 권속이 될 수 있었다.

[베로알이 권속이 되었습니다.]

*마족의 성이 드래곤니아에 편입됩니다.
*마족의 영지가 드래고니아에 편입됩니다.
*베로알의 모든 것이 드래고니아로 귀속됩니다.
*새로운 맵(마계)가 추가되었습니다.
*차원의 문을 닫았습니다. 이제 마족들은 본 차원의 문을 이용할 수 없습니다.

[릴리스가 베로알을 싫어합니다. 릴리스가 당신을 원망합니다.]

베로알이 권속이 되자 마족의 성과 영지가 드래고니아의

것이 되었다. 베로알의 가진 재산 역시 모두 신성의 것이 되었다.

베로알은 자신에게 부여된 권능을 느끼며 엄청난 기쁨에 휩싸였다. 이 힘이라면 마왕 서열 중위권에 무리 없이 진입할 수 있을 것 같았다.

"오오! 감사합니다! 소신 베로알! 충성을 바쳐 모시겠습니다."

[필요 없어.]

신성이 그렇게 말하고는 베로알의 힘을 흡수했다. 마력과 체력이 모두 신성에게 빨려 들어왔다.

"아, 악신이시여! 대, 대체 무슨?!"

[베로알이 허약해집니다.]

*베로알의 마력이 0이 되었습니다.
*베로알의 체력이 0이 되었습니다.
*베로알이 무력화되었습니다.

베로알이 힘없이 털썩하고 주저앉았다.

그것을 바라보던 신성은 베로알을 악신의 권속에서 내쫓았다. 이럴 경우 성향에 페널티가 부가되어 신성의 랭크가 크게 하락했지만, 신성은 드래곤이기 때문에 성향에 변동은 없었다.

드래곤이 왜 탐욕의 화신인지 알 수 있는 대목이었다.

[이제 베로알은 악신의 권속이 아닙니다.]
[릴리스가 당신을 좋아합니다.]

베로알은 당황한 눈빛으로 신성을 바라보았다. 베로알은 신성의 사악한 눈동자를 볼 수 있었다.

콰가가가!!

하늘에서 화염이 섞인 뇌전이 떨어져 베로알에게 꽂혔다.

"끄아아악!"

검게 타버린 베로알이 그 자리에 쓰러졌다.

[마왕 베로알을 처단하였습니다.]
[마왕 베로알의 영혼을 흡수하였습니다.]
[대량의 경험치가 보상으로 주어집니다.]

인간형으로 돌아온 신성은 몸이 무거워진 것을 느꼈다.

악신화의 영향으로 드래곤 하트가 잠시 힘을 잃었기 때문이다.

몸의 부담이 심해 추위가 느껴졌다.

신성은 몰려오는 추위에 코를 훌쩍이다가 베로알의 뿔을 인벤토리에 넣고는 흐뭇한 미소를 지었다.

신성은 베로알이 죽지 않고 살아 있어서 정말 다행이라고 생각했다.

지금은 죽었지만 말이다.

CHAPTER 9

주신 루나와 노동의 신

신성은 마족의 성 주변에 결계를 쳤다.

누군가 침입한다면 바로 알 수 있을 것이다. 드래고니아의 영지로 무단 침입해 오는 간 큰 몬스터가 있을지도 모르니 비구름을 배치해 놓았다. 기후를 바꾸지 않아 비구름은 눈을 머금은 구름이 되어 함박눈이 펑펑 내리기 시작했다.

마족의 성이 금세 눈에 파묻혀 보이지 않게 되었다.

신성은 바로 드래고니아로 돌아왔다.

이제 드래고니아에 대한 걱정을 할 필요가 없었다.

마족이 다른 곳에서 넘어오려면 어비스의 중심을 지나와야

하는데 그건 힘들었다. 어비스의 중심에는 마왕급을 넘어서는 심연의 몬스터들이 도사리고 있었기 때문이다. 아르케디아 온라인에서는 이벤트 형식으로 잡게 해주었지만 지금은 그렇지 않을 것 같았다.

"으으, 으슬으슬하네."

본체로 긴 거리를 날아왔는데 역시 악신화는 몸에 큰 부담을 주는 모양이었다. 본체가 회복될 때까지 인간형으로 있는 편이 좋을 것 같았다. 인간형이 된다면 인간형을 유지하는 권능 외에 모든 것을 회복으로 돌릴 수 있었다.

물론 본체로 동면을 취하는 것보다는 떨어지겠지만 말이다.

드래고니아는 어비스의 다른 곳과는 완전히 달랐다. 따듯한 온기가 느껴져 몸과 마음이 풀어지는 느낌이었다. 겨울이 없으니 식물들은 시들지 않고 계속해서 자라났다.

신성은 코가 간지러운 것이 느껴졌다.

"에, 에취!"

콰가가가!

재채기와 함께 마력이 뿜어져 나가며 정면의 땅을 뒤집어버렸다. 정령들이 사방으로 튕겨 나가며 시끄럽게 떠들었다. 아마 본체 상태였으면 브레스가 나갔을 것이다. 그렇게 된다면 저기 있는 도시, 화이트 드래곤이 반파될 수도 있었다.

화이트 드래곤과 가까운 거리에 붙어 있는 거인족의 마을이 보였다. 무척이나 가까워 화이트 드래곤에 속해 있다고 봐도 무방했다. 거대한 평원에서 밭일을 하고 있는 거인족들이 보였는데 모두 표정은 밝았다.

루나를 믿고 있어 은은한 신성력이 감돌았기에 예전의 꼬질꼬질한 모습은 사라졌다.

거인족에게 의뢰를 받아 퀘스트를 수행하고 있는 아르케디아인들이 보였다. 보상은 루나가 해주는 것이라 두둑한 편이어서 꽤 많은 이들이 오가고 있었다.

신성은 아르케디아인들의 머리 위에 떠 있는 퀘스트 내용을 바라보았다.

바로 호박 정령 퇴치였다.

"잡아!"

"저 정령이야!"

호박에 깃든 정령이 몸을 일으키며 도망치기 시작했다. 마치 호박 귀신을 보는 것 같은 모습이었는데 상당히 귀여운 모습이었다.

정령들은 장난이 심해 골칫거리였다. 그런 정령을 포획해서 정령석으로 만드는 것이 퀘스트의 내용이었다.

신성이 농장으로 다가가자 거인족 여인이 몸을 일으키며 신성을 바라보았다.

"안녕하세요? 여행자인가요?"

"아… 네. 감자를 키우나 보네요?"

"워낙 땅이 넓어 다양한 것들을 키우고 있어요. 아무거나 심어도 잘 자라요. 루나 님과 수호룡 님의 은총 덕분이에요."

"하하, 그래요?"

결론적으로 예전의 거인족은 멸망을 앞두고 있었지만 드래고니아에 있는 거인족들은 만족해하고 있으니 기분이 미묘하기는 했다.

신성은 거인족 여인이 음식을 대접해 준다고 해서 마을로 들어갔다. 마을은 드워프가 설계하여 보기 좋았다. 예전에 거인족들이 아무렇게나 지은 나무집에서 생활했던 것에 비한다면 이곳은 천국일 것이다.

작은 정원도 있고 개인 창고도 딸려 있었다. 마을 중간에는 거대한 온천수가 흐르고 있었는데 그곳에 목욕탕이 들어서 있었다. 워낙 버프 효과가 풍부해 외부에서도 많이 찾아오는 온천이라고 한다.

"남자들은 많이 안 보이네요? 아이들도요."

"겨울이 지나고 예전 거인족의 영토로 진격한다는 소문이 있어서요. 대부분 자원해서 전사 교육을 받고 있어요. 아이들은 화이트 드래곤으로 공부하러 갔고요. 외지의 선생님들이 정말 잘 가르쳐 준다고 해요."

신성은 고개를 끄덕였다.

에르소나가 잘 처리하고 있는 모양이었다.

마족도 걱정 없고 거인족도 알아서 자멸하고 있으니 이제 발전하는 일만 남았다. 간단한 식사가 끝나자 신성이 마력 코인을 내밀었다. 그러나 거인족 여인은 웃으며 거절했다. 루나 님을 위한 선행이니 마음만 받겠다고 말하면서 말이다.

악한 일을 하면 악신에게 벌을 받는다는 것도 진리로 여겨지고 있으니 거인족뿐만이 아니라 다른 주민들은 대부분 평화롭게 화합하여 지내고 있었다.

드래고니아에 온 지 그리 많은 시간이 지나지 않았음에도 거인족들의 생활은 풍족하게 변했다.

'이러다 성향이 올라가는 거 아냐?'

성향이 올라가는 건 악신에게 있어서 페널티였다. 드래곤이니 그럴 일은 없어 다행이었다.

거인족 여인은 가져가면서 길에서 먹으라고 커다란 감자를 챙겨주었다. 삶은 감자였는데 일반적인 품종과는 달리 단맛이 감돌았다.

사르키오 휘하의 마법사가 개발한 설탕 감자라고 한다.

'다들 잘하고 있군. 내가 없으니까 더 잘 돌아가는 느낌인데.'

조금 섭섭한 생각이 들기는 했다.

신성은 감자를 먹으며 화이트 드래곤으로 향했다. 이제는 완전히 완공되어 대단히 아름다운 자태를 자랑하고 있었다. 악신의 성은 멀리서도 보일 만큼 높았다.

뾰족한 성의 끝부분에 떠오른 황금빛 구체는 신성의 권능을 상징했다.

신성이 잠시 화이트 드래곤의 전경을 바라보고 있을 때 김갑진의 모습이 보였다. 피로에 가득 찬 모습으로 성문 밖으로 나오고 있었다.

"어디 가냐?"

"돌아오셨군요. 하아."

신성이 묻자 김갑진은 고개를 들어 신성을 바라보았다.

그는 원망스러운 눈으로 신성을 바라보다가 깊은 한숨을 내쉬었다. 뭐라고 말해봤자 씨알도 안 먹힌다는 것을 그는 잘 알고 있었다.

"릴리스를 잡으러 갑니다."

"그래?"

"얼마 전에 그로라, 릴리스, 루나 님, 이렇게 셋이 파티를 꾸려서 모험을 한다고 떠났습니다."

신성은 눈을 깜빡였다.

"오! 탱딜힐, 딱 맞네."

"…하실 말씀이 그것뿐입니까?"

"음……."

"주신 반열에 오르셨으면서 날이 갈수록 위엄이 사라지시니 참 고민입니다."

"어쩔 수 없지. 네가 좀 더 고생해야겠네."

김갑진의 몸이 부들부들 떨렸다. 남 이야기를 하듯이 말하는 신성이 너무나 원망스러웠기 때문이다.

"아! 그렇지."

신성은 정보창을 열었다.

루나와 신성은 모든 것을 공유하고 있었기 때문에 루나의 신도 역시 신성이 관리할 수 있었다.

"피로하지 않게 해줄게."

"네?"

신성은 김갑진의 정보를 불러오고는 신앙심을 쏟아부었다. 마력 코인이 꽤나 깨지기는 했지만 김갑진에게 투자하는 것이니 아깝지 않았다. 팔팔한 모습으로 일하는 것이 오히려 이득이었다.

[주신 루나의 권능이 발현됩니다.]
[교황 김갑진이 하급신으로 승격하였습니다.]
[드래고니아에서 하급신이 탄생하였습니다!]

[C]노동의 신 김갑진(하급신)

노동을 관장하는 신.

루나교의 교황 김갑진이 악신의 도움을 받아 하급신으로 각성하였다. 하급신으로 승격하여 신의 권능을 얻었으며 신도를 모집할 수 있게 되었다.

*[S]노동의 기쁨 : 노동을 아무리 해도 피로하지 않으며 오히려 활력이 치솟는다. 노동의 신이 있는 곳에서는 노동력이 크게 상승하며 큰 이변이 없는 한 좋은 결과가 보장된다.

김갑진은 자신의 정보를 보고 경악했다. 그러고는 신성을 바라보았다.

"당신은 악마입니까?"

"악신이야."

"으아아아!"

김갑진이 소리쳤다. 주변에 있던 모두가 김갑진을 바라보았다. 신성은 노동의 피로가 전부 사라져 활력이 치솟고 있는 김갑진을 흐뭇하게 바라볼 뿐이었다.

"이제 신이 세명이네. 하하하."

"아아악! 도대체 저에게 왜 이런 시련을!"

"앞으로도 열심히 일해. 계속, 쉬지 않고."

하급신이 되어 레벨과 스텟이 크게 오른 김갑진이었다. 김갑진은 그것이 전혀 기쁘지 않았다. 신으로서 그의 권능은 노동이었다. 사악한 악신이 자신을 영원한 노동 셔틀로 만들어 버린 것이다.

털썩 주저앉은 김갑진을 신성이 토닥토닥해 주었다.

"신전을 하나 만들어줄까?"

"하아, 제가 무슨 말을 하겠습니까?"

"아무튼, 릴리스 찾는 걸 도와줄게. 가자!"

신성은 화이트 드래곤에서 마차를 가져왔다. 일반적인 마차가 아니라 마력 엔진을 단, 말 형태의 골렘이 끄는 마차였는데 사르키오의 최신 발명품이라고 한다.

조만간 골렘 마차라는 이름으로 출시될 예정이었다.

김갑진과 마부석에 나란히 앉아 마차를 몰았다.

"하아, 세이프리를 벗어나면 편해질 줄 알았더니 더 심한 지옥이 있을 줄이야."

"하하, 힘내."

"원흉은 신성 님이지 않습니까?"

"뭐, 나도 힘들었다고. 이번에 마족 진영을 꿀꺽했지."

"음, 그건 좋은 소식입니다. 꽤 공들이지 않았습니까?"

신성은 고개를 끄덕였다. 김갑진은 턱을 매만지며 입을 떼었다.

"마족 놈들도 타격을 꽤 입었겠군요."

"뭐, 상황이 복잡한 것 같던데 내전이라도 일어났으면 좋겠어."

"원래 설정상 자주 다투는 놈들이니 그럴 수도 있겠죠."

"설정을 너무 믿지 않는 것이 좋을 거야. 마족 놈들의 레벨은 예상보다 높았어."

중위권이었던 릴리스가 400이 넘었다. 그렇다면 5위권 안에 드는 마왕의 레벨은 얼마나 될까? 그들이 힘을 모아 어비스로 왔다면 어비스는 순식간에 점령당했을 수도 있었다.

"릴리스가 준 정보를 토대로 대응해야겠군요."

"조만간 내가 직접 가볼 생각이니 너무 걱정하지 마."

마차는 드래고니아를 가로질러 루나가 있는 곳으로 향했다. 루나와 영혼으로 이어진 신성은 루나가 어디 있는지 알 수 있었는데 드래고니아의 남쪽에 있었다.

남쪽은 아직 누구의 발도 닿지 않은 곳이었다. 거친 환경과 대형 동물들이 모여 있는 곳이었다. 랜덤 박스로 간 환경 아이템 중 조금 과격한 것들을 모아놓은 곳이라 드래고니아 안에서도 조금 위험한 편이었다. 모험을 하기에 안성맞춤이었다.

루나는 현재 남부에 있는 커다란 호수 근처에 있었다.

"신성의 눈이라는 호수로군요."

"그러고 보니 호수에 이름이 붙어 있군."

"방금 이름을 붙인 모양입니다."

"루나가 붙인 것 같네."

루나가 이름을 지은 것이 분명했다.

"참나, 부부 아니랄까 봐."

"억울하면 너도 반려를 만드는 것이 어때?"

"뭐… 생각해 보겠습니다."

용언까지 쓰자 마차는 거의 날아가는 수준이 되었다.

그럼에도 긴 시간이 걸릴 만큼 드래고니아는 넓었다. 일반적인 속도로 갔다면 적어도 수십 일은 걸렸을 것이다.

남부의 환경은 달랐다. 마치 아마존처럼 숲이 우거져 있었고 흡사 공룡을 보는 것 같은 거대한 동물들이 보였다. 레벨도 상당히 높아 좋은 사냥감이었다.

"환경 자원이 풍부하네요."

"필요 없는 건 다 여기에 배치해 놨어."

"그래서 이렇게 모여 있는 거군요."

깁갑진이 하늘을 가리켰다. 한쪽에서는 비바람이 몰아쳤고 한쪽에서는 무지개가 떠올라 있었다. 오로라의 모습도 보였다.

신성과 김갑진은 우거진 숲으로 들어갔다. 거대한 곤충이 땅을 파고 들어갔고 동물들이 지나다녔다.

엘브라스와는 다른 거친 매력이 존재했다.

한동안 숲을 지나자 드디어 호수에 도착할 수 있었다. 바다를 보는 것 같은 거대한 호수였는데 마정석들이 잔뜩 녹아 있어 마력이 가득했다.

"맵으로 봤을 때도 크다고 생각을 했지만 설마 이 정도일 줄은 몰랐네요. 거의 바다를 보는 것 같군요. 파도도 크고요."

"파도도 크기별로 배치해 놓고 물고기도 많이 넣어놨어."

"입맛대로 영지를 바꿀 수 있는 건 대단한 것 같습니다."

현질의 결과이기는 하지만 말이다.

호수 근처로 가자 루나와 릴리스 그리고 그로라의 모습이 보였다. 모두 호수에 몸을 담그고 있었는데 무언가를 찾고 있는 것 같았다. 눈을 빛내며 돌아다니는 루나와 릴리스를 그로라가 안절부절못하며 모습으로 바라보고 있었다.

"받아랏!"

릴리스가 암흑 마력을 일으키며 마력 덩어리를 호수에 때려 넣었다. 그러자 물기둥이 치솟으며 화려하게 부서졌다.

"오! 나온다!"

부글부글!

호수의 깊은 곳에서 공기 방울이 치솟았다.

릴리스는 공중에 뜬 채로 그 공기 방울을 바라보았다. 그 순간이었다.

덥석!

거대한 집게가 치솟더니 릴리스를 잡아버렸다.

파아아!

물을 가르며 나타난 것은 거대한 가재였다. 푸른 껍질을 지닌 가재였는데 몸에 수정이 자라나 있었다. 가재는 릴리스를 잡은 집게를 호수 표면에 마구 패대기쳤다.

릴리스는 잔뜩 물을 먹고 있었지만 뭐가 그리 재밌는지 웃기 바빴다.

화가 난 가재가 루나와 그로라 쪽으로 진격하기 시작했다. 물보라를 일으키며 진격하는 모습은 폭주 기관차를 보는 것 같았다.

"루, 루나 님?"

"도망치자!"

"네!"

루나와 그로라가 도망 다니기 시작했다. 그냥 그 자체가 재미있는 모양이었다.

그 모습을 본 김갑진은 한숨을 내쉬었다.

"저건 뭡니까? 레벨도 높고 거의 대형 몬스터 수준인데요."

"수정 가재인데 맛이 좋다고 나와 있었지. 마력을 먹으면 자란다고 하는데 설마 이 정도로 자랄 줄은 몰랐어."

잡혀 있던 릴리스가 뇌전을 내뿜자 가재가 멈칫하더니 집게

를 자르고는 그대로 도망쳤다. 그로라와 릴리스, 루나의 몸을
합친 것보다 더 큰 집게가 바닥에 떨어졌다.

"맛있겠네."

"맛있을 것 같습니다."

릴리스와 그로라가 군침을 흘리고 있었다. 루나는 집게를
바라보다가 신성이 있는 쪽으로 고개를 돌렸다. 신성의 모습
이 보이자 환하게 웃으며 달려왔다.

"오랜만이에요!"

"그래. 바빠 보이네?"

"모험 지도를 완성하는 중이었어요."

그녀가 내민 지도에는 드래고니아에 대해 자세히 적혀 있었
다. 영지 관리 탭으로도 볼 수 없었던 것들이었다.

"앗! 김갑진 님, 하급신이 되었군요."

"…그렇게 되었습니다."

"축하해요."

"크윽. 축하받을 일입니까?"

"그럼요."

김갑진의 어깨가 축 처졌다. 릴리스와 그로라도 다가왔다.
그로라는 신성의 모습을 보자 흠칫했다. 원망하는 마음도 없
지 않아 있었지만, 그보다 감사하는 마음이 더 컸다. 거인족
이 평화롭게 살아가고 있으니 말이다.

그로라가 고개를 숙이자 신성은 고개를 끄덕였다.

신성은 김갑진을 바라보았다. 그에게 시킬 것이 있어서였다.

"노동의 신이 나설 차례군."

"네?"

"저걸 요리해 줘."

"제 요리 스킬은 F랭크입니다. 저런 재료로 요리할 수 있을 리가 없지요."

김갑진이 정보창을 보여주며 그렇게 말했다. 신성은 피식 웃으며 그를 바라보았다.

"A랭크인데?"

"네?"

"요리도 노동에 들어가니 권능 보정을 받았나 봐. S랭크도 어렵지 않겠어."

"아……."

김갑진은 누구보다 뛰어난 요리사가 되었다!

그 말에 김갑진에 대한 릴리스의 호감도가 올라갔다.

호수 근처에 캠핑 키트를 설치했다. 캠핑 키트는 넉넉히 들고 다녀 모두가 쉬기에는 부족함이 없었다. 거인족인 그로라는 조금 불편했지만 라지 사이즈 텐트는 꽤 큰 편이라 그럭저럭 괜찮았다.

모닥불을 피워놓고 뜨거운 차를 마셨다. 거인족이었을 때 쓴 식기들도 인벤토리에 넣어놔서 그로라에게도 전혀 부족함이 없었다.

"좋네요! 소풍 온 것 같아요."

"좋네."

"앞으로 종종 이렇게 다녀요."

"그래. 다음엔 지구 쪽으로 놀러 가자."

루나와 신성이 의자에 앉아 마주 보며 웃었다.

그로라 역시 그 모습을 보고는 미소 지었다. 신성과 루나는 대단히 잘 어울리는 한 쌍이었다. 너무나 환상적이어서 질투가 나지도 않았다. 풍기는 이미지만 본다면 순백과 암흑의 느낌이었는데 기이하게도 원래 하나였던 것처럼 느껴졌다.

그런 루나와 신성과는 다른 풍경이 펼쳐지고 있는 곳도 있었다.

푹푹! 콰지직! 보글보글!

김갑진의 손놀림이 마치 번개를 보는 것 같이 번쩍였다. 요리 재료들이 허공에서 춤을 추다가 냄비 속으로 빨려 들어갔고 거대한 집게는 순식간에 해체되었다. 살집의 손상이 없이 껍질만 빠르게 벗겨지는 모습은 환상 그 자체였다.

"오오! 요리 랭크 A! 멋져!"

릴리스가 김갑진의 옆에서 황홀한 눈으로 요리를 바라보고 있었다.

[릴리스의 김갑진에 대한 호감도가 상승하였습니다.]

김갑진은 말 그대로 노동의 신이었다. 손이 제멋대로 움직이더니 유니크, 레전드급의 요리가 탄생했다. 황금빛이 감도는 요리는 그야말로 예술 작품이었다.

그러나 김갑진은 웃을 수 없었다. 바란 것은 아니었지만 어쨌든 하급신이 되고 처음으로 권능을 사용한 일이 이런 요리라는 것이 너무나 슬펐다.

김갑진의 손길에서 일어난 돌풍이 사라지자 놀랍도록 아름다운 요리들이 접시에 담겼다. 김갑진은 노동의 결실을 보며 만족감을 느끼는 자신을 발견하자 한숨이 절로 나왔다.

오히려 일하기 전보다 활력이 솟구쳤고 체력과 신성력 역시 최상의 상태로 회복되어 있었다.

대단히 무서운 권능이었다.

"대단해! 대단하다!"

릴리스의 호들갑에도 그의 기운은 되돌아오지 않았다. 테이블 위에 요리가 올라왔다. 그로라와 릴리스는 침을 꿀꺽 삼켰다. 이 정도의 요리는 태어나서 처음 보는 것이었다.

신성 역시 감탄했다. 현재 지구에서 요리 스킬을 A랭크까지

올린 이는 거의 없었다. 유니크, 레전드급의 요리를 보니 절로 군침이 돌았다. 그냥 보통 마력 음식도 상당히 맛있었는데 레전드라는 등급을 달고 있는 요리는 도대체 어떤 맛일지 너무나 궁금했다.

"역시 노동의 신이야."

"하아, 그렇군요."

"너무 그렇게 나쁘게만 생각하지 마."

신성이 김갑진의 어깨에 손을 올렸다. 입가에 미소가 걸려 있었는데 누구보다 사악해 보였다.

"네가 나를 도와주고 있는 것처럼 너도 부하를 만들면 되잖아. 고통을 나누면 반이 되지."

김갑진이 고개를 들어 신성을 바라보았다. 무언가 깨달음을 얻은 듯한 표정이었다.

"그렇군요. 저도 신도들을 모집할 수 있었지요."

"그래, 신도들은 네 마음대로 할 수 있다고. 넌 신이니까."

"저는 노동의 신이니 그러한 권능을 부여할 수 있고… 그렇다면 합법적인 노… 아니, 흠흠, 건전한 노동을 권장할 수 있겠군요."

김갑진은 구세주를 만난 것처럼 신성을 바라보았다. 지옥의 구렁텅이로 밀어 넣은 것이 바로 신성이었는데 그런 신성을 보고 구세주 같다고 생각하니 참으로 기묘한 일이었다.

김갑진이 기운을 되찾았다. 깨달음을 얻은 그의 표정은 노동의 신이라기보다는 악신에 가까웠다. 루나의 직속 하급신이었지만 신성의 입김이 많이 들어가 성향 하락은 쉽게 되지 않으니 김갑진은 교황이었을 때와는 비교도 할 수 없을 만큼 자유로워졌다.

　차기 교황도 김갑진의 마수에서 벗어날 수 없을 것이다.

　밝은 분위기 속에서 식사했다.

　맛은 그야말로 감동이었다. 릴리스는 심장이 다섯 번 정도는 멈췄다고 말해주었다. 루나도 눈을 반짝이며 먹었고 그로라는 몇 번 기절했다.

　신성도 감탄을 하며 먹었다. 김갑진은 자신이 신이 되었다는 것을 다시 한번 깨닫고 말았다.

　상당히 많은 양이라 모두가 풍족하게 먹을 수 있었는데, 대부분 릴리스와 그로라가 먹었다. 릴리스는 이제 죽어도 여한이 없다는 표정이 되어 있었다. 그로라의 얼굴에는 눈물이 흐른 자국이 보였다.

　신성은 포만감에 기분 좋은 미소를 짓고 있는 루나를 바라보았다. 그녀의 몸 상태가 걱정되었다. 워낙 활발해서 괜찮을 것 같았지만 그래도 홑몸이 아니었기 때문이다.

　"몸은 괜찮아?"

　"네. 아주 좋아요!"

"그래도 조심해."

"네. 걱정하지 마세요."

아이를 가졌어도 그다지 티가 나지 않는 루나였다. 신이다 보니 인간과는 그런 부분에서는 달랐다. 신성은 고개를 끄덕이고는 반짝이는 호수를 바라보았다.

김갑진이 설거지를 하고 있었는데 릴리스가 다가오더니 김갑진을 호수에 빠뜨리고 도망갔다.

김갑진이 빛의 사슬로 릴리스를 잡더니 그대로 호수에 던져 버렸다.

"평화롭군요."

그로라가 그렇게 말했다. 많은 감정이 교차하는 말이었다.

"악신이시여."

"그냥 이름으로 불러."

"신성 님."

그로라가 신성을 바라보았다.

"거인족 부족의 일을 빠르게 마무리 지어주실 수 없으십니까?"

"빨리?"

"고통 없이 보내주고 싶습니다. 이번 겨울은 그들에게 아주 큰 고통이겠지요."

쿤타와 전사들은 서서히 얼어 죽어가고 있었다. 식량도 다 떨어져 이제는 반항할 힘조차 없을 것이다. 신성은 느긋하게 겨울이 지난 다음에 진격하려 했지만, 그로라는 그들의 고통이 마음에 걸리는 모양이었다.

물론 고통 없이 보내준다고 해도 악신의 성으로 회수되어 징벌을 받아야 했지만 말이다. 이참에 완벽히 정리하는 것도 나쁘지 않을 것 같았다.

"그렇게 하도록 하지."

"호칸으로 갈 때 저도 데려가 주셨으면 합니다."

"괜찮겠어?"

"옛 부족의 끝을 보고 싶습니다. 그리고⋯ 최소한 제 손으로 끝내줘야겠지요."

신성은 고개를 끄덕였다. 쿤타의 처분은 그로라에게 맡기는 것이 좋을 것 같았다. 그녀가 쿤타를 죽이든, 살리든 그녀의 결정을 따라줄 것이다.

신성이 동의해 주자 그로라의 표정은 편해졌다.

루나는 김갑진과 릴리스가 치고받고 싸우는 것을 지켜보았다.

애들처럼 싸우고 있었는데 릴리스는 꽤 즐거워 보였다.

신성의 정보창에 김갑진에 관한 릴리스의 호감도가 계속해서 올라가는 것이 보였다. 김갑진도 귀찮은 듯하면서도 은근히 다 받아줬다.

"하, 설거지하러 왔다가 이게 무슨……."

"내가 도와주도록 하마."

"가만히 있는 게 도와주는 겁니다."

"그럴 수는 없지!"

"아, 거품을 그렇게 많이 내면……."

"하하핫! 이것 봐라!"

그런 둘을 지켜보는 루나의 입가에 흐뭇한 미소가 걸렸다.

"갑진 님이랑 릴리스, 잘 어울리는 것 같아요."

"그러게."

"그러고 보니 궁합이 잘 맞는 것 같습니다."

루나의 말에 신성과 그로라가 릴리스와 김갑진을 바라보며 말했다.

루나의 눈이 반짝반짝 빛나기 시작했다. 신성은 그럴 때면 항상 루나가 일을 벌였던 기억이 났다.

"사랑을 관장하는 여신으로서 가만히 있을 수 없네요."

루나가 자리에서 일어났다. 신성과 그로라는 눈을 깜빡이며 그런 루나를 바라보았다.

루나는 텐트로 다가갔다. 텐트는 총 4개가 있었는데 라지 사이즈 2개와 스몰 사이즈 2개였다. 라지 사이즈는 루나와 신성, 그리고 그로라가 쓰기로 되어 있었고 스몰 사이즈는 각각 릴리스와 김갑진이 쓰기로 되어 있었다.

루나는 스몰 사이즈 텐트 하나를 은근슬쩍 접은 다음 신성에게 내밀었다. 신성은 피식 웃고는 그 자리에서 텐트를 소각했다.

　그로라가 살짝 놀란 표정으로 루나를 바라보았다.

　"조금 위험하지 않겠습니까?"

　"위험한 사랑이 불타오르는 법이야."

　"그렇습니까? 그런 것이군요."

　그로라는 참고가 되었다는 듯한 표정이었다.

　루나가 시선을 주자 그로라는 고개를 끄덕이며 텐트 안으로 들어갔다. 그로라 혼자 들어가도 텐트는 꽉 찼다. 신성과 루나도 텐트에 들어갔다.

　루나는 이불을 뒤집어쓰고 상기된 표정으로 텐트 밖을 살펴보았다.

　"왔어요?"

　"아직."

　"어떻게 될까요?"

　"갑진이가 밖에서 자지 않을까? 조금 춥기는 하지만 큰 문제는 되지 않을 거고."

　신성의 말을 들으니 그럴 것도 같았다.

　루나는 신성을 물끄러미 바라보았다. 옆 텐트를 바라보니 그로라도 잔뜩 기대된다는 눈초리였다.

그런 기대를 저버릴 수는 없는 노릇이었다.

신성은 피식 웃고는 영지 관리 탭을 열어 비구름을 주변에 배치했다. 냉기 속성 마력이 잔뜩 담긴 비구름이었다. 텐트에 있지 않는다면 몸이 크게 상할 수도 있었다.

쿠르르릉!

천둥이 치며 하늘이 반짝였다.

그러더니 비가 내리기 시작했다.

대단한 폭우였다.

김갑진과 릴리스가 비를 쫄딱 맞고 텐트 쪽으로 달려왔다. 빈 텐트가 하나밖에 없자 김갑진은 신성과 루나가 있는 텐트를 바라보았다.

"……."

"쿨……."

루나와 신성은 자는 척했다. 그로라도 마찬가지였다. 릴리스와 김갑진이 눈이 마주쳤다. 그러다가 둘의 얼굴이 붉어지는 것이 보였다.

'오호.'

신성은 곁눈질로 둘의 상태를 보며 미소 지었다.

릴리스는 신성에 대한 호감도가 최고 수치였지만 그것은 사랑을 뜻하는 것이 아니었다. 권속으로서 믿음과 신뢰를 상징했다. 지금 릴리스는 김갑진에게 다른 감정이 생겨나고 있는 것 같았다.

루나와 그로라도 흥미진진한 표정이 되었다.

"밖에 계속 있으면 감기 걸립니다……."

"그, 그래? 그렇구나. 그렇지."

의외로 김갑진이 말문을 먼저 텄다. 김갑진이 먼저 들어가자 릴리스도 허둥거리다가 얌전히 들어갔다. 방금과는 전혀 다른 모습이었다.

"저것이 바로 낮져밤이! 역시 제 휘하의 하급신이군요."

"그건 또 어디서 들었어?"

"쉿! 들어봐요. 역사가 이루어질 것 같아요!"

루나가 입술에 손가락을 가져다 대었다. 신성과 루나, 그리고 그로라는 귀를 쫑긋 세우며 김갑진과 릴리스의 텐트에 집중했다.

얼마나 시간이 지났을까?

"드르렁."

릴리스의 코 고는 소리가 들려올 뿐이었다. 루나의 표정이 실망으로 물들었다.

"…참 난관이 많을 것 같아요."

"지켜봐 주자고."

"네! 더 열심히 해야겠어요."

신성의 텐트에서는 늘 그렇듯 사랑이 뿜어져 나왔다.

"……."

그로라만이 그 사이에서 잠들 수 없었다.

느긋하게 여유를 즐긴 신성은 드래고니아로 천천히 귀환했다.

마차는 상당히 커서 그로라 역시 쾌적하게 탈 수 있었다. 신성과 김갑진이 마부석에 앉아 있었는데 김갑진의 눈에는 다크 써클이 내려앉아 있었다.

신성은 피식 웃고는 말을 몰았다. 마차 안에서는 루나가 릴리스에게 주입식 교육을 하고 있었다. 그런 방면에는 백지와도 같아서 릴리스의 눈동자는 마구 돌아가고 있었다.

[릴리스가 정신이 혼란으로 물듭니다.]
[릴리스가 상태 이상에 빠집니다.]

커다란 혼란이 온 모양이었다. 김갑진도 심각한 표정으로 앉아 있었는데 엄청난 고민을 하고 있는 것 같았다. 신성은 루나의 의도대로 일부러 경치 좋고 아늑한 장소를 골라 다니며 캠핑을 했다.

처음에는 어색해했지만, 이제는 둘이 티격태격하면서도 같이 돌아다니는 모습을 보여주었다.

루나는 뿌듯한 표정으로 그 광경을 바라보았고 신성은 김갑진과 릴리스를 놀려먹을 것들이 생겨 만족해했다.

루나를 도운 가장 큰 이유 중 하나였다.

이미 영상으로도 기록을 해두는 치밀함까지 보인 신성이었다.

드래고니아로 돌아오자 악신의 성에서 에르소나가 기다리고 있는 것이 보였다.

그로라의 부탁을 받고 신성이 에르소나에게 연락을 했기 때문이다.

에르소나는 부대를 이끌고 왔는데 엘프, 수인족, 휴먼뿐만 아니라 몬스터들도 가득했다. 대형 몬스터가 화이트 드래곤의 옆에 도열해 있었는데, 크기와 종족별로 진형을 갖추고 있었다.

병력들이 서 있는 광경은 대단히 멋졌다.

거대한 코뿔소를 보는 것 같은 대형 몬스터는 갑옷을 잘 차려입고 있었고 무기도 상등품을 들고 있었다. 눈이 하나밖에 없는 키클롭스나 소머리를 하고 있는 미노사우르스도 보였다. 리자드맨 부대는 거대한 창을 들고는 혀를 날름거리고 있었다.

모두 드래고니아에서 살아가고 있는 몬스터였다. 에르소나에게 훈련을 받은 거인족들도 갑옷을 입고 서 있었는데 꽤 위풍당당했다.

신성의 마차가 화이트 드래곤으로 다가오자 에르소나와 하이엘프들이 다가왔다.

에르소나는 미스릴로 된 갑옷을 입고 있었고 하이엘프들도 마찬가지였다.

에르소나는 대단히 고귀해 보여 딱 봐도 지휘관으로 보였다. 신성이 에르소나를 보며 손을 흔들자 에르소나는 한숨을 내쉬며 작게 고개를 숙였다.

신성은 늘 그렇듯 대단히 가벼워 보였다. 도저히 드래고니아를 다스리는 군주라고는 생각할 수 없었다.

"생각보다 일찍 도착했네?"

"반나절 전에 도착했습니다."

"이렇게 모이니 상당히 많군."

아르케디아인들과 드래고니아 주민들로 이루어진 병력은 상당히 많았다. 지금의 호칸을 압도할 만한 병력이었다.

신성이 감탄하자 에르소나는 뿌듯한 마음이 되었다. 그동안 한 고생이 머릿속을 스쳐 지나갔다. 결과가 좋으니 뿌듯한 마음이 컸다.

에르소나가 루나 쪽을 바라볼 때였다.

상태 이상에서 회복한 릴리스는 김갑진 주변을 맴돌고 있었다.

"이거 먹을래? 응? 아니면 이게 좋아?"

릴리스가 김갑진에게 얼굴을 붉히며 과일을 내미는 것이 보였다. 그 모습을 본 에르소나는 큰 충격에 휩싸였다. 그녀가 아는 릴리스는 저런 존재가 아니었다. 게다가 김갑진 역시 못 이기는 척 다 들어주고 있는 것이 아닌가!

늘 냉정했던 에르소나의 표정이 무너졌다.

"에, 에르소나 님?!"

"저, 정신 차리십시오!"

하이엘프가 비틀거리는 에르소나를 잡아주었다.

에르소나는 크게 호흡하며 신성을 굳은 표정으로 바라보았다.

"…둘 다 미친 것입니까?"

"사랑은 미친 짓이다, 라는 말도 있지."

"사랑? 누구는 밤낮없이 고생하고 있었는데… 김갑진 님이 배신을……."

"에르소나?"

"…아닙니다. 피로가 좀 쌓인 모양입니다. 그런 것일 뿐이니 신경 쓰지 마십시오."

에르소나는 다시 냉정한 표정으로 돌아왔다.

에르소나의 곁에 있던 하이엘프들이 달아오르는 뺨을 손으로 누르며 몽롱한 표정이 되었다.

"종족을 초월한 사랑! 로맨틱하네요!"

"정말 아름다워요!"

에르소나는 홀로만 외톨이가 된 기분이었다.

그러다가 그로라와 눈이 마주쳤다.

왠지 그로라와는 마음이 통하는 친구가 될 수 있을 것만 같은 예감이 들었다.

『드래곤 레이드』 8권에 계속…

초대형 24시 만화방

신간 100%, 샤워실, 흡연실, 수면실(침대석), 커플석, 세탁기 완비

▪ 시흥 정왕25시점 ▪

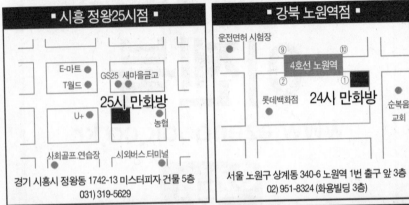

경기 시흥시 정왕동 1742-13 미스터피자 건물 5층
031) 319-5629

▪ 강북 노원역점 ▪

서울 노원구 상계동 340-6 노원역 1번 출구 앞 3층
02) 951-8324 (화용빌딩 3층)

▪ 일산 정발산역점 ▪

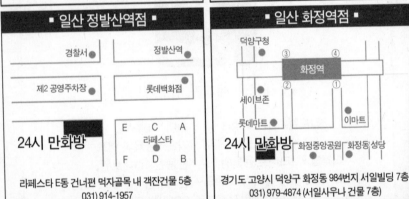

라페스타 E동 건너편 먹자골목 내 객잔건물 5층
031) 914-1957

▪ 일산 화정역점 ▪

경기도 고양시 덕양구 화정동 984번지 서일빌딩 7층
031) 979-4874 (서일사우나 건물 7층)

▪ 부천 역곡역점 ▪

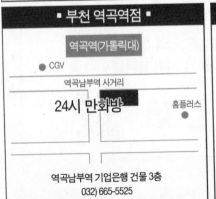

역곡남부역 기업은행 건물 3층
032) 665-5525

▪ 부평역점 ▪

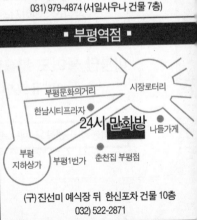

(구) 진선미 예식장 뒤 한신포차 건물 10층
032) 522-2871

전생부터 다시

FUSION FANTASTIC STORY

홍성은 장편소설

죽음으로 모든 걸 끝내고 싶지 않아
인간으로 환생하게 된 대마법사, 로렌 하트.

그러나 알 수 없는 괴물의 등장으로 인해 인류가 멸망해 버리고
홀로 살아남은 그는
고독과 외로움에 다시 한 번 더 환생을 결심하는데……

하지만 현생을 반복하는 것만으로는 의미가 없다.
시간을 되돌려 대마법사가 되기 전의 시절로 되돌아갈 것이다!

대마법사 로렌 하트, 전생부터 다시 시작한다!

Book Publishing CHUNGEORAM

유행이 아닌 자유추구 –
WWW.chungeoram.com

이모탈 퓨전 판타지 소설
FUSION FANTASTIC STORY

용병들의 대지
Road of Mercenaries

이 세계엔 3개의 성역이 존재한다.
기사들의 성역, 에퀘스.
마법사들의 성역, 바벨의 탑.
그리고… 그들의 끊임없는 견제 속에 탄생하지 못한

『용병들의 대지』

전쟁터의 가장 밑을 뒹굴던 하급 용병 아론은
이차원의 자신을 살해하고 최강을 노릴 힘을 가지게 된다.

그의 앞으로 찾아온 새로운 인생!
아론은 전설로만 전해지던
용병들의 대지를 실현시킬 수 있을 것인가!